AtV

Jeannette Lander wurde 1931 in New York als Tochter eingewanderter polnischer Juden geboren und wuchs ab 1934 in Atlanta auf. Nach ihrer Graduierung 1948 studierte sie Anglistik, Amerikanistik und Germanistik an der Brandeis University. 1950 siedelte sie nach Westberlin über, 1952 Rückkehr in die USA und Fortsetzung des Studiums an verschiedenen Hochschulen. Seit 1952 veröffentlichte sie Gedichte, Kurzgeschichten und Essays in englischer Sprache, nach der erneuten Übersiedlung nach Berlin, 1960, schrieb und veröffentlichte sie in deutsch. Studium an der Freien Universität, 1966 Promotion. Von 1966 bis 1969 Herausgeberin des Literaturjournals »diagonale«. 1984/85 hielt sich Jeannette Lander in Sri Lanka auf, seit 1986 lebt sie in Berlin.

Romane: Ein Sommer in der Woche der Itke K. (1971); Auf dem Boden der Fremde (1972); Die Töchter (1976); Ich, allein (1980); Jahrhundert der Herren (1993); Überbleibsel. Eine kleine Erotik der Küche (1995); Eine unterbrochene Reise (1996); Robert (1998).
Erzählungen, wissenschaftliche Arbeiten, Essays, Feature, Arbeiten für den Rundfunk, Fernsehfilme und Filmdokumentationen. Herausgeberin des Kalenders »Jüdisches Leben heute«.

Es geht um mehr, um Eßkultur, um die Liebe zu den Produkten, die sich als immun erweist gegen amerikanische Versuchungen, wenn sie nicht mindestens so gut sind wie eine gelungene Apple-Pie. Es geht ums Einkaufen und Vorbereiten, ums Einkochen, Einlegen, Parieren, Pürieren, Würzen, Braten, Dünsten, ums Loben, ums sachverständige Genießen, aber auch um Diät und Koscheres, um Rituale.

*Frankfurter Rundschau*

Es ist die jiddische Küche ihrer Mutter, die den Inhalt dieses Buches bildet. Und noch nie hat eine Frau in einem Buch so voll Wärme, Sehnsucht und keineswegs falscher Sentimentalität davon erzählt, wie es damals war, in der Küche ihrer Mutter oder in den Geschäften der Umgebung oder rund um den Familientisch. Egal was sie sieht, welche Bilder, ihre Assoziationen gehen zurück in die Kindheit.

*Österreichischer Rundfunk*

In diesem Buch wird man fast unmerklich zum Versuch des Nachkochens animiert, die Rezepte sind unauffällig in den plaudernden Text eingebettet, ihre Köstlichkeit in nachzuempfindenen Geschmacks-Malereien geschildert. Für Liebhaber guten Essens ist nach der Lektüre der »Überbleibsel« das Aufkommen einer Art Neidgefühl nicht auszuschließen: gegenüber den Glückspilzen, die von Jeannette Lander zu Tisch gebeten werden.

*Hamburger Abendblatt*

# Jeannette Lander

# Überbleibsel

Eine kleine Erotik der Küche

Aufbau Taschenbuch Verlag

ISBN 3-7466-1384-1

1. Auflage 1999
Aufbau Taschenbuch Verlag GmbH, Berlin
© Aufbau-Verlag GmbH, Berlin 1995
Umschlaggestaltung Torsten Lemme
unter Verwendung eines Fotos von Hans Neleman,
The Image Bank Bildagentur
Druck Elsnerdruck GmbH, Berlin
Printed in Germany

Für Tove und Marcel

Wach auf, Wind des Nordens;
Komm auch du, Wind des Südens;
Bläst in meinen Garten,
Daß seine Würze ausströme.
Laßt meinen Geliebten in seinen Garten herein,
Daß er esse von köstlichen Früchten.

In meinen Garten bin ich gekommen, meine Schwester, meine Braut;
Meine Myrrhe samt meinen Gewürzen habe ich gesammelt;
Meine Wabe samt meinem Honig habe ich gegessen;
Meinen Wein samt meiner Milch habe ich getrunken;
Eßt, o ihr Freunde;
Trinke, ja, in vollen Zügen trinke, meine Geliebte.

*Das Hohelied*

Eigentlich wollte ich abnehmen, aber ich hatte diese Zeitschrift abonniert. Ich will immer abnehmen. Was ist das für ein Leben?

Jeden Tag nehme ich mir vor, kalorienarm zu essen. Trotzdem möchte ich aber etwas Reizvolles, etwas Anspruchsvolles kochen. Ich wälze die Hefte dieser Zeitschrift, die Monat für Monat in ihren unschuldigen, gelben Kuverts in meinem Briefkasten liegen. Verführerische Fotos springen mich an: Auf einem blauweißen Teller, der aus den Keramik-Werkstätten Venezuelas stammt, glänzt eine Portion goldgelber Tagliatelle unter kremiger Gorgonzolasahne, von Tomatencoulis umringt, mit frischgestoßenem schwarzem Pfeffer bestreut. Schon knete ich einen Pasta-Teig. Ich weiß, ich werde es morgen früh, wenn ich auf die Waage trete, bereuen. Ich knete und knete, wickele den Teig in Butterbrotpapier und lasse ihn ruhen. Ich ruhe nicht. Ich wehre mich, wehrlos, gegen den Zwiespalt in mir. Nach der Lust leben? Nach der Vernunft? Warum nur ist Lust nicht vernünftig? Ist nicht, frei nach der Lust zu leben, das einzig Vernünftige überhaupt? Nach Herzenslust!

Nach Herzenslust – Ich wasche mir schnell das Mehl von den Händen, eile ans Bücherregal und schlage nach. Im kleinen Duden steht *nach Her-*

*zenslust* nicht, auch nicht in A. M. Textors »Sag es treffender», aber im großen Duden finde ich, erleichtert, die Wendung: *ganz nach Lust, nach Belieben; ganz wie man will, wie man es sich wünscht.* Nein, nach Belieben kann man nicht vernünftig leben, denke ich, wieder traurig. Ich hätte schon große Lust, einen Begriff zu finden, der Lust und Vernunft verbindet, der sie miteinander versöhnt, einen Begriff, der meine Art zu leben meint. Hedonie? Ach nein: Als Hedonistin würde ich ganz einfach dick werden und gar nicht darüber nachdenken.

Den Teig wickele ich aus, beginne ihn auszurollen. Es ist eine schöne Arbeit. Sie gibt Ruhe. Sie läßt Erinnerungen freien Lauf, Gedankenketten, ineinanderfließende Assoziationen, kleine Träumereien.

Auch meine Mutter hatte den Nudelteig selbst gemacht. Die verschiedensten Nudeln stellte sie her: Kliskelach, Farfelach, Verenitschkes ... Ich denke immer an ihre Hände. Ich sehe sie mit dem alten Nudelholz, das sehr lang war, mindestens sechzig Zentimeter, eine langgezogene Ellipse, in der Mitte dicker, an den Enden sanft abgerundet und ohne Griffe. Sie war virtuos in ihrem Umgang damit, faßte es an den Enden oder rollte es unter der flachen Hand gerade da, wo sie Druck brauchte. Es war exakter einzusetzen als die kurzen, zylindrischen von heute, machte keine Kerben oder Säume im Teig, konnte nicht zerbrochen werden. Ganz glänzend und glatt war es über die Jahre geworden.

Ich saß als kleines Kind gern in der Küche und sah Mama zu, wie sie den Teig knetete, ausrollte, den

Blick nach innen gekehrt, die Bewegungen langsam und rhythmisch. Uralt ist das Handwerk, und wenn man es ausübt, verbindet es mit vergangenen Zeiten, bringt die Menschen in den Sinn, von denen man es lernte, ihre Geschichten, ihre Schicksale. Ich wollte aber nicht, daß Mama so in eigenen Gedanken weilte. Ich war eifersüchtig. Wenn ich schon dasaß, sollte sie bei mir sein. Ich stellte ihr Fragen, Fragen zu ihrer Kindheit und Jugend, denn ich wußte, daß ihre Gedanken wieder um die alte Welt kreisten, die engen Gassen und verfallenen Häuser des jüdischen Viertels im Warschau des frühen Jahrhunderts, der Obstgarten ihres Onkels im Dorf Tarnegora, wo sie sommers helfen durfte, die eisigen Winter, der zugefrorene Teich, von dem sie, ein kleines Kind noch, immer Wasser holen mußte und in den sie sicherlich eingebrochen und ertrunken wäre, wenn nicht ihr noch kleinerer Bruder, auf dem Bauch auf dem dünnen Eis liegend, sie an den Beinen gefaßt hätte, während sie schöpfte. Wie oft habe ich ihre Geschichten aus jener alten Welt voller Tränen und Lachen und menschlicher Nähe gehört, die Mama verließ, als sie sechzehn Jahre alt war und die sie nie wiedergesehen hat, nie mehr wiedersehen will.

Mama erzählt von der öden Nähmaschinen-Arbeit in den Hinterhof-Bekleidungsmanufakturen von New York der zwanziger Jahre, von der Verlobung, die sie diese Stelle kostete, von dem heißen Sommer, als sie, obwohl hochschwanger, meinem Vater jeden Mittag das Essen ins Fischgeschäft seines Bruders brachte, wo er angestellt war, gnädigerweise und für kargen Lohn. Die Anstrengung war zuviel für sie, die Zwillinge wurden dann tot geboren, ihre ersten Kinder, der einzige Sohn. Mama nickt mit dem Kopf: Der einzige Sohn. Jede jüdische Frau, zumindest die der Generation von Mama, die um die Jahrhundertwende geborenen, wünscht sich einen Sohn.

Mama rollt und rollt. Der Teig weitet sich, dünnt und glättet sich unter ihrer Hand. Flink hebt sie ihn auf die Rolle und schlägt ihn um. Unvermittelt beginnt sie, leise zu singen. Nein, nicht unvermittelt. Sie lenkt sich ab mit ihrem jiddischen Lied:

Oi, Papa, koif mir Schichalach a pur.
Oi, Papa, koif mir Schichalach a pur.
In der Oißen a Regen,
In der Oißen a Schnee,
Und du geh ich burviß
Und kann in Schul nicht gehn.
Oi, Papa ...

Wie eine unerfüllbare Sehnsucht klingt ihre Bitte. Papa, kaufe mir ein Paar Schuhe. Draußen geht ein Regen. Draußen fällt Schnee. Und hier bin ich barfuß und kann nicht zum Beten gehen.

Hoch und klar ist ihre Stimme.

Wenn ich einen Nudelteig ausrolle, höre ich sie singen. Ich höre auch die kleine Stimme im Hinterkopf, die mir sagt, daß ich eigentlich gar keinen Nudelteig machen wollte, gar keine Nudeln essen sollte. Vor allem, wenn die Waage am Morgen ein deutliches Zeugnis des gestrigen Abendessens abgibt, zu dem ich, wieder einmal von dieser Zeitschrift animiert, vielleicht so etwas wie mit Weinbergschnecken gefüllte Artischocken in Knoblauchbutter serviert habe. Einen weißen Rioja dazu. Ein Genuß. Aber das ist es eben.

Zum Teil ist Mama schuld. Schuld ist ein hartes Wort, zu hart für meine zarte Mama. Zumindest ist sie aber Ursache. Meine Kochambitionen haben ihren Ursprung in Mamas guter Küche, und diese war deshalb so gut, weil sie niemals etwas wegwerfen konnte. Das mag überraschen, gilt doch die Verwertung von Überbleibseln gemeinhin nur als eine lästige, moralische Pflicht. Meiner Mama war sie, ganz im Gegenteil, eine Quelle der Inspiration. Nicht nur, weil sie Kind armer Eltern war, armer, gläubiger Eltern, für die Verschwendung von Lebensmitteln als Sünde galt, spornten sie diese Reste an. Auch der Ehrgeiz, gerade aus dem, was andere geringschätzen, Schätze herzustellen, beflügelte sie. Sie sah in der Zufälligkeit der vorhandenen Restspeisen eine Herausforderung ihrer Phantasie, kostete im Geiste die einzelnen zu verarbeitenden Bestandteile und stellte sie nach Geschmack neu zusammen. Aus Überbleibseln kann man immer etwas machen, sagte Mama, und weil man immer andere Überbleibsel hat, macht man nie zweimal dasselbe. Erfindungsreichtum ist der Reichtum der Armen. Und Mama war stolz auf ihre Kochkunst, die meinem Vater immer wieder Lob entlockte. Und wenn es auch nur ein anerkennender Blick nach der Mahlzeit war, er fehlte nie.

Nein, nicht der Blick der Anerkennung, nicht die

lobenden Worte waren die wirkliche Würdigung, die er ihr zollte, sondern die Art, wie er das, was sie bereitete, aß. Er kostete aufmerksam zuerst vom Fleisch. Lange in Zwiebeln gedämpft und mit dem Rest dieser Suppe oder jener Sauce bereichert. Dann nahm er von den Gemüse-Kroketten, die Krönung ihrer Resteverwertungskünste, in denen sie, je nachdem, die glacierten Mohrrüben vom Vortag, die grünen Bohnen, die genausogut mit etwas Zitronensaft einen Salat ergeben konnten, frischen Stangen-Sellerie, den sie immer da hatte, Petersilienwurzel aus der Fond-Brühe zu einer jedes Mal neuen Geschmacksrichtung verarbeitete. Mit ein wenig Matzoh-Mehl, einem Ei und knusprig ausgebacken, waren die Kroketten Mamas Spezialität. Am liebsten war aber Tatte (so und nicht anders nannten wir ihn, meine Schwestern und ich) Mamas Kompott. Sie nahm dazu das Obst, das schon Stellen hatte, aus dem Lebensmittelladen, den Tatte zu übernehmen sich verschuldet hatte, um nicht länger für zu wenig und schon gar nicht für einen Bruder zu arbeiten, sondern selbständig zu sein. Die angegangenen Früchte wären sonst verdorben. Da saß die kleine Mama Tag für Tag, wenn gerade keine Kunden zu bedienen waren, und schnitt die schlechten Stellen weg. Natürlich war die Kompottmischung keine zweimal die gleiche. Vielleicht ein wenig abgeriebene Limonenschale oder in süßem Wein eingekochtes Dörrobst dazu und genau auf den Punkt gegart, so daß die Äpfel Äpfel blieben, die Birnen Birnen und man gar nicht wußte, woraus der herrlich sämige Saft bestand, der sie umgab.

Ich kann mich nicht entsinnen, daß mein Vater jemals *in Gedanken* aß. »Oyayoi«, schwärmte er, schüttelte satt und glücklich den lockigen Kopf: »Hob ich a Froi! Hob ich a Glick!« Denn der Stolz eines jeden jüdischen Mannes, der wie Tatte aus kleinen Verhältnissen kam und sich abplagen mußte, um zu leben, war eine Frau, die aus wenig, aus fast gar nichts, ein festliches Essen zu machen verstand. In manch einem jiddischen Volkslied wird diese Kunst besungen.

Für Mama ist sie aber mehr als eine Kunst gewesen. Mama bewies damit ihre natürliche Intelligenz, denn zu einer Schulbildung war sie, ohne Geldmittel, jüdisch und weiblich, im ländlichen Polen der Jahre vor dem ersten Weltkrieg nicht zugelassen worden. Zu lesen, zu schreiben, zu rechnen brachte ihr abends ihr kleiner Bruder bei. Jiddisch zu lesen und schreiben, versteht sich, denn er ging in Cheder, die jüdische Knabenschule. In die normale Schule kam derzeit ein jüdisches Kind nur, wenn es reiche Eltern hatte. Mit ihrer Kochkunst überwand meine Mutter die engen Grenzen ihrer Herkunft. Aber ihre Kochkunst verband sie auf eine tiefere Weise mit ihrer Herkunft, denn der Stolz ihres Mannes zu sein, seine Würdigung täglich herauszufordern und zu erleben, das strebten die jiddischen Mamas immer schon an.

Ich auch. Ich stehe ganz in dieser Tradition, das gebe ich zu, auch wenn es nicht modern, nein, geradezu rückständig ist und sogar als antifeministisch ausgelegt werden könnte. Mein ganzes Leben lang suchte ich sehnlich eine solche Würdigung, wie ich sie zwischen Tatte und Mama erlebt habe. Ich denke, ihr Fehlen war der wahre Grund für das Scheitern meiner ersten Ehe, und ich bin sicher, ihr Dasein ist der tiefere Grund für das Glück meiner zweiten. Nicht Komplimente – Tatte machte keine Komplimente, und auch Tony macht kaum einmal eines – nicht Komplimente, sondern Anerkennung, und zwar zum Ausdruck gebrachte Anerkennung. Man bekommt wenig, nicht wahr? Die Leute nehmen einander nicht mehr auf diese Weise wahr. Lob zu spenden ist eh nicht die Sache der Deutschen. Aber man dürstet danach, gesehen zu werden, hungert nach Würdigung. Denn ohne sie ist das Leben nur gelebte Zeit und die Arbeit nur verrichtete Tätigkeit. Und nun sitze ich da mit meinen Heften, koche aufwendig, manchmal aufopfernd, entbeine Täubchen, trockene stundenlang selbstgebackenes Brot bei kleinster Ofenhitze, um die Farce daraus zu machen, die sie wieder wie nicht-entbeinte Täubchen aussehen läßt, werde immer dicker, und alles, was ich will, ist, es Mama gleichzutun. Ich will Tattes satten und glücklichen Blick. Tonys: »Mmmmm, was ist denn das?« will ich hören.

Übrigens, außer mir sagt niemand, daß ich dick bin. Ich weiß es aber. Es genügt, daß ich es weiß.

Als ich die Zeitschrift abonnierte, ahnte ich nicht, welche Konsequenzen es haben würde. Ich war in

Washington, D. C. auf Besuch bei meiner älteren Schwester, Helen. Das hätte mir eine Warnung sein müssen. Ich sollte immer ein paarmal nachdenken, bevor ich etwas tue, was meine Schwester Helen tut. Sie hatte diese Zeitschrift abonniert, obwohl auch sie nicht frei ist von dem vielleicht irregeleiteten Gefühl, zu dick zu sein. Im Gästezimmer, wo ich schlief, lagen in geordneten Stößen die über Jahre gesammelten Monatshefte: »Gourmet; The Magazine of Good Living«. Meine Schwester Helen und ihr Mann Phil gehen früh zu Bett, und die beiden Fernseher sind im Wohnzimmer und in der Küche, im Gästezimmer nicht, also lag ich gemütlich im Bett, die Decke hochgezogen, und blätterte ein bißchen in den Heften. Selten hat mich eine Lektüre so angeregt.

Ich weiß nicht, wie dem Titel auf deutsch gerecht zu werden ist. *Das Magazin des guten Lebens.* Nein. *Illustrierte guten Lebens.* Nein. *Das Heft, gut zu leben.* Ich gebe es auf. Für manche amerikanischen Gefühle gibt es keine, aber auch gar keine stimmende Übersetzung. Immer wieder habe ich dieses Problem. Ein *Magazine of Good Living* ist eben etwas für Hedonisten und enthält all die Dinge, die das Leben lustvoll und genußreich machen. Reisen. Restaurants. Weine. Weingebiete. Ausgefallene Shopping Shops. Vor allem aber Rezepte und die verführerischen Fotos, die dazugehören. Es dauerte lange, bis ich an jenem Abend einschlafen konnte. Ein mir bis dahin noch halb verborgener Teil meines Ichs regte sich und reckte sich in mir, streckte die Arme langsam und genüßlich aus, schlug die Augen auf und sprach mich an. Good living, ja. Dafür lohnt es sich, sich anzustrengen, sich einzusetzen. Für was denn sonst?

Eine Rubrik tat es mir besonders an. »Sugar and Spice« wird sie übertitelt. Kindheitserinnerungen. Mamas Mandelmakronen. Oder ihre Melinzes: diese zartgelben Crêpes, die sie mit gesüßtem Weißkäse, Äpfel und Rosinen füllte, um sie dann in Butter goldgelb zu backen. Und ihr Mährentzimmes! Über Stunden in Honig und Zitronensaft ganz weich geschmorte Möhren. Wäre ich in Deutschland großgeworden (wie schön, wieder »Deutschland« schreiben zu können, sonst hätte ich mit diesem simplen Gedanken noch immer die Formulierungsschwierigkeiten, die in den letzten Jahren vor der Wende darin mündeten, daß ich »in deutschen Landen« schrieb: »Wäre ich in deutschen Landen großge...« – klingt nach Käse), also, wäre ich in Deutschland Kind gewesen, würde ich bei »Sugar and Spice« an Zimtplätzchen und Pfefferkuchen denken, an kleine, fröhliche Familienfeste zu schönen Feiertagen und auch an Tante Etes berühmten Napfkuchen oder Oma Klaras unvergleichliche Kartoffelpuffer. Richtig, hinter »Sugar and Spice« verbergen sich die Leserzuschriften. Altbewährte, überraschende, in der Familie Tradition gewordene oder auch nur gelungene Rezepte schikken die Leser mit einem kleinen Erklärungsbrief ein, und beides wird abgedruckt: »Great Grandma's Banana Nut Bread«, »Melt-in-your-mouth Cranberry

Pie Jahnke«, »Auntie Rosie's Chocolate Chip Cookies«. Ich konnte mir manches aus Mamas Küche da vorstellen. Und auch manches aus meiner.

Was mich aber die ganze Zeit irritierte, war die Frage, warum ausgerechnet meine ältere Schwester Helen diese Zeitschrift abonnierte. Ihr Mann Phil ist Rabbiner. Sie sind strenge, konservative Juden und haben ihre drei Söhne und eine Tochter ebenso streng konservativ erzogen. Sie essen kein Schweinefleisch. Wenn sie Fleisch gegessen haben, warten sie vier Stunden, bevor sie Milchprodukte essen. Es gibt zwei volle, getrennte Geschirr-, Topf- und Besteck-Sätze in ihrem Hause, einen für Fleisch und einen für Milch. Nie würden Helen, Phil, Joshua, Gershon, Hillel, Renée oder deren Ehepartner und Kinder Joghurt mit einem *fleeschigen* Löffel essen. Es versteht sich also von alleine, daß sie niemals ein mit Käse überbackenes Kalbsmedaillion in den Mund nehmen würden oder Rehrücken in Sahnesauce. Überhaupt Reh. Reh ist verboten. Wild ist ganz und gar verboten, ebenso Krebse jeder Art und manche Schnitte selbst von zugelassenen Tieren, Filetsteak zum Beispiel. Die Gesetze der Reinheit sind streng, die der Reinheit der Juden noch strenger. Wir müssen viel Witz entwickeln, um sie zu überlisten. Das schult. Es schärft die Intelligenz fürs Überleben.

Aber meine Schwester Helen? Sie ist vollkommen listlos. Sie bestellt eine koschere Mahlzeit vor, wenn sie mit dem Flugzeug reist. In Restaurants ißt sie nur Fisch, denn Vieh muß strikt auf eine besondere, für die Tiere schnelle und schonende Weise geschlachtet werden, um als koscher zu gelten, und dieses Schlachten wird von einem dazu ausgebildeten und berechtigten Rabbiner überwacht. Meine Schwester Helen ißt also im Restaurant nur Fisch. Das ist nicht nur ihre Folgerung, sondern die der konservativen Juden überhaupt. Es gibt orthodoxe Juden, die gar nicht im Restaurant essen. Es gibt aber auch koschere Restaurants und noch koscherere Restaurants und Juden, die auch in den koschersten Restaurants nicht essen würden. Ich habe mich immer schwergetan mit diesen Unterscheidungen, wobei ich die allerletzte Haltung für die einzig logische halte. Man bedenke doch, daß auf dem Teller, von dem meine Schwester im Restaurant gerade Fisch ißt, eben zuvor ein Schweinskotelett gelegen haben mag! Bei ihr zu Hause kommt überhaupt kein Kotelett auf einen Teller, der je einen Sahnepudding sah! Wenn ich bei Helen zu Besuch bin, bindet sie einen roten Faden um den Griff der Fleischbesteckschublade und einen blauen um den Griff der Milchbesteckschublade, damit ich morgens, ganz verschlafen, nicht aus Versehen mit dem Fleischsuppenlöffel in meine Milch-Corn-Flakes fahre. Was sie dann denn täte? Ich weiß es nicht genau. Mama vergrub noch derart aus Nichtachtung unkoscher gewordene Töpfe, Teller und Bestecke im Hintergarten in die Erde und grub sie nach einer Zeit, die wohl nur sie bemaß, wer weiß nach welchen Maßstäben, wieder aus. Die Erde reinigt. Einmal grub sie ihren liebsten Schmortopf, auf den Spritzer der überkochenden Milch gekommen waren, nach nur einem Tag wieder aus. Sie hatte aber ein schlechtes Gewissen. Das sah ich ihr an. Sie machte eine bullige, verrunzelte Stirn und sah keinem in die Augen. Ich lächelte sie hinterlistig an, wirklich froh, sie bei einer, wenn auch nur so kleinen Sünde ertappt zu haben. Da fuhr sie mich an, daß die Milch nur deshalb übergekocht sei, weil Tatte sie schnell in den Laden gerufen hatte, als sie beim Kochen war. Ich habe diese Logik nie nachvollziehen können.

Auch die Logik meiner Schwester Helen ist mir fremd. Ich saß da in ihrem Gästebett und rechnete mir aus, daß rund die Hälfte der Rezepte und Menus im »Gourmet« auf die eine oder andere Art nicht koscher ist. Warum also abonniert sie diese Zeitschrift, auf deren Glanzblättern überlebensgroß die verführerischsten Kunstaufnahmen von ihr verbotenen Speisen prangen? Selbstgeißelung? Masochismus? Zumindest Voyeurismus muß es sein: stellvertretende Befriedigung geheimer Gelüste.

Helen war schon immer so etwas wie ein Leitbild für mich. Sie war ja die gute, die Mutter-Tochter, und konnte nichts Schlechtes tun. Ich war die Vater-Tochter und durfte mir schon viel mehr erlauben. Unsere kleine Schwester, Lilly, war das Sorgenkind. Schon längst hat es sich herausgestellt, daß Lilly überhaupt kein Sorgenkind, sondern vielleicht die stärkste, auf jeden Fall die beste von uns dreien ist, die einfühlsamste, die aufopferungsvollste, die hilfreichste. Auch Helen ist nicht wirklich eine Gute.

Vor allem kann sie mit ihren stets guten Absichten vieles anrichten, das sich am Ende als ziemlich schlecht entpuppt, ohne das Gefühl zu haben, daß eine Handlung von ihr die Ursache sein kann. Und ich? Ich bin gar nicht so liebenswert, wie Tatte mich liebhatte, sondern das, nunmehr altgewordene, verwöhnte Gör, das dabei herauskommt, wenn ein Vater viel verzeiht und das eine Kind den anderen vorzieht. Obwohl wir Schwestern wissen, wie sich jede von uns inzwischen entwickelt hat, verfallen wir, wenn wir nicht aufpassen, in die alte Art, einander zu sehen. Das Vorurteil aus der Kindheit ist hartnäckig. Was Helen tut, ist gut, ist nachahmenswert, ist zumindest moralisch unbedenklich. Ich konnte deshalb meiner Neigung nachgeben und die Zeitschrift abonnieren.

Sie weckt Sehnsüchte, tief angelegte wohl. Ganz unschuldig liegt sie jeden Monat treu in ihrer unverdächtig schlichten Versandtasche im Briefkasten. Aus Boulder, Colorado, kommt sie zu mir nach Berlin. Ich habe die Stadt nie gesehen. Wahrscheinlich ist sie so gesichtslos wie mittelgroße amerikanische Städte nun einmal heute sind, aber ich habe ein ganz anderes Bild von ihr. Ich denke an das schiere, rotbraun in der Abendsonne leuchtende Gestein der großen Rocky Mountains, an den breiten und ruhig fließenden Fluß, den Colorado River, den John Wayne und Gary Cooper so oft mit Pferden, Planwagen und Vieh überwinden mußten. Ich denke an die mattgelben tonerdenen Siedlungen der Pueblo Indianer und an Sonne. Die Sonne scheint in jenem beschützten, milden Tal, wenn man der »Encyclopedia Brittanica« von 1939 glauben will, 328 Tage im Jahr. Ich will ihr glauben. Man hat Gold gefunden, Öl gewonnen. Ich denke, die Menschen bewegen sich langsam dort, machen breite Schritte, werfen lange Schatten. So sicher wie die Berge. So ruhig wie der Fluß. Und daß dort eher das schlichte und wesentliche Leben zu finden ist, nach dem man sich sehnt, während man sich immer mehr ins oberflächliche, geistlose verstrickt.

Ich lasse alles liegen, wenn die Zeitschrift kommt. Ich wasche das Frühstücksgeschirr nicht ab, manchmal auch das vom gestrigen Abendessen nicht, lege mich wieder ins ungemachte Bett, ziehe die Decke hoch und schaue mir die Bilder an.

»Aha: dein Pornoheft ist wieder da«, sagt Tony.

Er meint es nicht so. Im Gegenteil, er gönnt es mir. Ich soll auch eins haben. Und vielleicht hat er gar nicht so unrecht, denn ich habe durchaus beim Schauen der Bilder kalorienfreie, also stellvertretende Freuden. *Vicarious pleasures.* Auch so ein Begriff, für den ich in der deutschen Sprache noch keine adäquate Übersetzung gefunden habe. *Vicarious* meint nicht nur *stellvertretend*. Dem englischen Begriff haftet etwas schön Verwerfliches an. Heimliche Freuden. Versteckte Gelüste. Nein, so schlimm auch wieder nicht: Nichteingestandene Ersatzlusthandlungen.

Es ist nicht lange her, daß ich schon beim Anblick des Titelblatts entzückt ausrief: »Tony! Schau mal, die Suppe! Die mache ich zur Vorspeise kommenden Samstag, wenn die Mainzens kommen!« Fast überlebensgroß zeigt das Titelbild, in einer schwarzblauen, von Glanzlicht beschienenen Suppenschüssel, eine exakt in der Mitte geteilte, zweifarbige Kremsuppe, die Hälfte paprikagelb, die andere Hälfte tomatenrot.

»Wie haben die das denn hingekriegt?« fragt Tony verwundert.

»Es ist nicht einfach«, antworte ich, von der Herausforderung bereits erregt: »Das sind Kremsuppen, die von absolut gleicher Konsistenz sein müssen. Die eine aus gerösteten, gelben Paprikaschoten, die andere aus Tomaten. Sie werden von beiden Seiten des Suppentellers gleichzeitig und gleichmäßig eingegeben, und wenn die Konsistenz gelungen ist, treffen sie sich in der Mitte, fließen nicht ineinander, sondern bilden diese präzisen Halbkreise. Die verziert man mit einem feinen pfefferscharfen Crème-fraîche-Kringel, leuchtend weiß aus der Spritztüte. Fertig ist das Kunstwerk! Und schmecken tut es bestimmt auch.«

Prickeln unter der Haut. Eine feine Erregung bis zum Zwerchfell. Die Gäste sitzen bereits am Tisch und haben den trockenen Sherry noch nicht ganz geleert. Ich probiere die duftenden Suppen, tue vorsichtshalber je ein Teelöffelchen voll gleichzeitig auf eine Untertasse auf. Sie fließen zur Mitte, treffen sich, bleiben! Also kann es losgehen. Vier Teekerzen zünde ich in vier Rechauds an, fülle je einen Halbtassen-Maßbecher mit einer der Suppen, schenke von rechts und von links gleichzeitig ein, stelle die erste Schüssel warm, mache weiter. Am Ende wird der feine weiße Kringel leider zum Klecks. Das macht mir nichts. Früher wäre ich darüber unglücklich gewesen, hätte das Ganze für nicht gelungen gehalten, aber inzwischen habe ich genug Routine, auch in schwierigen Situationen, gelassen das Wesentliche vom Nebensächlichen zu trennen. Ich spritze die zu dick gewordene Pfeffer-Crèmefraîche in eine kleine Glasschüssel und stelle sie auf den Tisch. Dann bringe ich, so sachlich und wenig theatralisch ich nur kann, die kunstvolle Suppe für die Gäste herein.

Das ging das erste Mal gut, sehr gut, aber ich wäre nicht die Tochter meiner Mama, wenn ich nicht das nächste Mal, weil ich grade einen Rest Spargelkremsuppe hatte, eine Verwertung meines Überbleibsels ersonnen hätte, die gleichzeitig eine Steigerung der Koch- und Kunstfertigkeit gerade bei dieser Suppenbereitung darstellte: eine dreifarbige Kreation. »Dieses Mal mußt du mir helfen, Tony«, verkünde ich. Ich weiß, daß ihn das freut. Er würde mir immer gerne beim Kochen helfen, drückt sich in die Ecke, um nicht im Wege zu sein, wenn ich – scharfe Messer, heiße Töpfe in der Hand – meine Derwischdrehungen um die Tisch-, Koch-, Back- und Abstellflächen mache. Helfen darf er beim Zerkleinern, beim Hacken, Schneiden, Zerteilen. Er kann den Teig in exakt gleich breite, gleich lange Nudeln teilen, viel besser als ich, und nur mit Augenmaß. Das macht ihm Spaß. Dennoch lasse ich kaum zu, daß er in die Küche kommt, wenn ich beim Vorbereiten bin. *Stay out of my kitchen*, begann ein Küchengedicht, das bei Mama am Eingang hing. Wie soll ich ihn auch überraschen und erfreuen und sein Lob verdienen, wenn er mir hilft? Außerdem ist er ein äußerst gewissenhafter Ästhet und also viel zu langsam. Die Butter brutzelt schon brenzlich der Farbstufe dunkel entgegen, und Tony häckselt noch immer die erste von drei glasig zu bratenden Zwiebeln in wahrscheinlich nachmeßbar perfekt quadratische Teilchen. Bei der dreifarbigen Kremsuppe muß er den Zeitplan einhalten: rechts halte ich die halbe Tasse Tomatenkrem- und links die halbe Tasse Paprikakremsuppe. Tony hält oben am Schüsselrand seine halbe Tasse Spargelkrem. Auf die Plätze, fertig, los! Wunderbar! Drei gleichgroße Dreiecke: grün, gelb, rot.

Nicht immer war es so schlimm mit mir und meinen Ansprüchen. Über die Zeit habe ich sie beträchtlich hochgeschraubt. Noch kann ich mich gut erinnern, wie es war, als ich noch in meiner Heimatstadt Atlanta tief im Süden der Vereinigten Staaten wohnte und tatsächlich Fertigmix für Kuchen und Brühwürfel für den Fond kaufte. Damals schnitt ich Rezepte aus der Sonntagsausgabe des »Atlanta Constitution« aus, die Mayonnaise aus dem Glas oder Flaschenketchup verlangten. Ich besaß nur ein einziges Kochbuch, »Jewish Cookery«, ein Hochzeitsgeschenk, natürlich von meiner Schwester Helen.

Ein Mal in der Woche fuhr ich mit dem Wagen in einen jener gigantischen Supermärkte, wie sie nur in

Amerika vorkommen, parkte auf dem riesigen Parkplatz, der niemals voll ist und der sich zumeist zu allen vier Seiten des Flachbaus erstreckt, und betrat bedenken- und kritiklos eine der Lebensmittel-Kaufhallen, die, ob sie Big Star, Winndixie, Kroger's oder Piggly Wiggly heißen, innen alle gleich gestaltet sind und ihre Waren in der gleichen Anordnung und Reihenfolge anbieten, so daß man sich nicht zu orientieren braucht, sondern gleich loskaufen kann. Einen Einkaufswagen gegriffen, der, oben und unten beladen, genug Getränke, Gemüse, Geflügel und Fleisch für die wöchentliche Versorgung einer zehnköpfigen Familie halten kann, wenn die Familie eine europäische und nicht eine amerikanische ist, und ab in den ersten der zwanzig bis dreißig geräumig breiten Gänge, wo auch am Samstag kein Gedrängel ist, sondern leise Dudelmusik, viel Platz und zumindest die Möglichkeit, auch die Zeit zu vergessen.

Waren sind in Mengen aufgetürmt, die einen erschlagen. Ganze Wände Seifenpulver. Beängstigende Berge Coca-Cola-Sechser. Eine Mauer aus Papierservietten-Packungen. Aber nicht nur die Mengen, sondern die in solchen Mengen angebotene Auswahl, ist schwindel-, wenn nicht ekelerregend. Das sehe ich jetzt. Das sehe ich seit dem Tag, als ich meinen Enkelsohn, Wolli, allein ans Frühstücks-Regal zurückschickte. Er war damals sechs Jahre alt und mit mir nach Atlanta geflogen, um Mama zu besuchen – er aus Köln, ich aus Berlin. Er sollte sich nur die Packung Corn-Flakes holen, die wir auf unserem Weg durch die Supergänge vergessen hatten. Er kam nicht wieder. Ich ging sehr langsam weiter. Mehl, Zucker, Backwaren. Katzen-, Hundefutter, Insektenspray. Und war schon zu den gekühlten Milchprodukten durchgestoßen, Butter-Light, fettlose Schlagsahne aus der Fertig-Spritzdose. Ich fror. In diesen Reihen ist es ziemlich frostig. Am Ende eines jeden Ganges sah ich mich um und wartete, aber Wolli war verschwunden.

Ich ging wieder zurück durch die Gänge. Kinderschluckende Schluchten waren sie plötzlich. Überkopfhohe Stollenwände prekär aufgestapelter Dosen drohten auf mich einzustürzen. Nirgends war Wolli zu sehen. Ich versuchte, schnell um die Menschen herumzukommen, die überall den Weg versperrten. Grotesk volle Einkaufswagen schoben sie vor sich in aufreibend ziellosem Südstaatentempo, standen mit vergrübeltem Blick vor übervollen Regalen und suchten genau die Schachteln und Dosen, die auf ihren Rabattcoupons abgebildet waren. Ich wußte wirklich nicht mehr, wo die Corn-Flakes sind, und die Schilder über den Reihen, die mir sonst immer kybernetisch beispielhaft und wirklich kundenfreundlich den Weg wiesen, erinnerten mich nur daran, daß ich meinen kleinen Wolli, dem dieses Land und diese Sprache völlig fremd waren, allein in ein verwirrendes Labyrinth hineingeschickt hatte. Ich griff meine Handtasche, ließ den Wagen stehen und rannte durch die Gänge. Es war mir klar, daß alle Leute mich für irre halten müßten. Es waren ja Menschen der Südstaaten. Sie eilen nie oder höchstens wie eine Landmaschine auf der Autobahn.

Es war mir egal, daß sie sich umdrehten und mir verstört nachschauten. »Wolli«, rief ich, »Wolli«, und rannte Slalom, den Blick nach unten gerichtet, ob ich den kleinen Wolli irgendwo zwischen statischen Beinen und unbewegten Wagenrädern entdecke.

Ich hatte wenig Atem noch und große Angst, als ich ihn endlich weinen hörte. Er stand tatsächlich vor dem richtigen Regal. Er hatte es gefunden. Die glatten Schachteln kamen mir größer vor als er und ihre bunten Etiketten viel zu fröhlich angesichts seiner verweinten, geweiteten Augen. Wie blaß er war! Besorgt, aber auch erleichtert nahm ich ihn in den Arm und sagte, er brauche keine Angst zu haben, ich wäre ja da. Zuerst verstand er nicht. Dann versicherte er mir, daß er sich nicht verirrt hätte, nein: Er hätte sich noch gar keine Gedanken gemacht, wo ich sei oder ob er mich wiederfände. »Nein?« fragte ich verwundert. Ich muß gestehen, daß ich fast verletzt war, überhaupt nicht vermißt worden zu sein. Ja, warum er denn weine, wollte ich wissen. Er schüttelte traurig den Kopf. »Ich kann mich nicht entscheiden«, jammerte er, wieder völlig verzweifelt vor all den Pops, Crackles, Crunchies, Puffs, Crispies, Frosties, Smacks, Shreds und Splits. »Ich will keine Corn-Flakes. Corn-Flakes sind doof, die kriegt man auch in Köln.«

Meine Enkelkinder habe ich eben verdorben. Schon sehr früh mußte Wolli lernen, was eine Artischocke ist. Mona kocht mit zehn Jahren gern und ausgiebig, zusammen mit den Kindern im Schülerladen. Milia macht mit elf phantasievolle Salate und richtet sie an mit Tomatenrosetten, seltenen Gurkenschnittformen, hier und da auch einem Bündelchen Mohrrübenstreifen, würdig eines Fotos für »Gourmet«. Daniel achtet mit achtzehn auf Lukullisches in der Küche des Drei-Männer-Haushalts, bestehend aus ihm, seinem Vater und dem älteren Bruder, Matthias, der als einziger meinem Einfluß zu trotzen scheint, indem er nichts Tierisches, das noch in der Form an Tier erinnert, ertragen kann. In Wirklichkeit spornt ihn diese – bei jungen Leuten zunehmend verbreitete – Fleisch-Abneigung dazu an, erfindungsreiche und erlesene vegetarische Gerichte zu bereiten. Vom kleinsten Enkelsohn Tim heißt es, daß er am liebsten Kotelett vom Knochen knabbert. Ich bin da skeptisch. Schließlich ist er erst vier Jahre alt und kann sich gegen eine solche Abstempelung nicht wehren. Nachher mag er womöglich kein Kotelett, schon gar nicht vom Knochen, aber er kriegt ein Kotelett. Es wird extra für ihn besorgt, wenn es mal sonst nichts mit Knochen zum Essen gibt. Alle anderen essen vielleicht Risotto, den er insgeheim lieber mag, und Tim muß knabbern. So etwas kommt ja vor. Mir selbst wird bei jedem jährlichen Besuch in Atlanta Graupensuppe vorgesetzt. Seit einem halben Jahrhundert. Bei Tony ist es Pudding. Seine Geschwister sitzen lächelnd um den Tisch und beschwören rumänisch, daß er immer schon »Pappe lappte«, am liebsten süße Milchspeisen gegessen hat.

Was meine Enkelkinder generell betrifft, es waren die selbstgemachten Nudeln, die sie schon in jungen

Jahren auf den Weg brachten, Feinschmecker zu werden. Ich bereue es nicht, sie in diesem Sinn verdorben zu haben, im Gegenteil. Vielleicht können sie irgendwann helfen, daß ein Zeitalter der Sinnlichkeit anbricht. Das Kochen ist das einzige Handwerk, bei dem man alle seine Sinne einsetzt. Dazu muß man noch denken, rechnen und planen. Man muß über Einkaufsmöglichkeiten Bescheid wissen, also lernt man seine Stadt kennen. Über die Herkunftsländer von Lebensmitteln erfährt man Welt. Lebensmittel – die Mittel zum Leben –, Lebensmittel ist ein wunderbares Wort.

Ich weiß den Tag noch ganz genau, als es sich für mich entschied, daß die Zunge, im doppelten Sinn, mein Mittel zum Leben sein würde. Die Zungen, die ich damals sprach, waren Englisch und Jiddisch, und auch mein Gaumen war ausschließlich jiddisch und amerikanisch geprägt. Der Tag dieser doppelten Entscheidung – eine weitreichende Entscheidung, betraf sie doch Beruf und Lebensstil – war ein Frühlingstag, Mitte April in Atlanta. Bereits im Februar blühen in Atlanta die Azaleen, und Mitte April sind die Straßen gesäumt, die Vorgärten gefüllt von weißen Jasmin-, rosaroten Mandel- und zartgelben Geißblatt-Blüten. Jede Brise bringt ein Duftpotpourri, wenn man draußen in den Vierteln der guten Häuser spaziert, was freilich nicht leicht ist, denn die Trottoire fehlen und die Rasen reichen bis an den Straßenrand. Im April ist selbst die Sonne, die später im Jahr streng und eigensüchtig sein kann, noch heiter und mild.

Ich hatte ein Gedicht geschrieben und es an die jiddische Zeitung geschickt, die Tatte täglich las. Es war mein erstes Gedicht auf jiddisch. Englische hatte ich schon viele geschrieben und sie nirgendwo hingeschickt. Viele, die schreiben, fangen mit Gedichten an. Paradox. Ein Gedicht zu schreiben ist am schwersten. Ein Gedicht.

Ich war dreizehneinhalb Jahre alt. Natürlich war ich zu dick. Die Shorts, die ich in Vorbereitung auf den Sommeraufenthalt im jüdischen Mädchenferienlager anprobierte, klemmten zwischen den fetten Schenkeln beim Gehen, rutschten dorthin, wo ich sie ganz und gar nicht haben wollte, und blieben da stecken. Es sah furchtbar aus. Außerdem hatte ich am Rücken Speckpolster, wo der neue Büstenhalter mich einschnürte. Zum ersten Mal würde ich im Lager einen tragen; ich war ziemlich aufgeregt. Aber vorne *und* hinten? Also, ich muß bis Juni abnehmen, sagte ich mir, ging aber jeden Tag, beim Umsteigen von der Straßenbahn in den Bus zur Schule, schnurstracks in Krystall's duftende Hamburger-Bude an der Haltestelle und mampfte mein Fastfood, ohne daß der Entschluß mich hinderte. Ich war mir zwar meines Widerspruchs bewußt, konnte ihn aber wie immer – und immer gekonnter – beiseite schieben. Nicht verdrängen. Nur beiseite schieben.

Mit dem Gedicht wollte ich Tatte überraschen. Er las die Gedichte in der jiddischen Zeitung. Manchmal las er mir eins vor, wenn es ihn besonders gerührt hatte. »Meine Tächter« hieß ein Gedicht, das er sogar ausschnitt, weil es von drei Töchtern handelte, wie er sie auch hatte, und ihm aus dem Herzen sprach. Ich wollte, daß er ganz ahnungslos die Zeitung liest, plötzlich auf ein Gedicht kommt, das »Tatte« heißt und staunend entdeckt, daß es von mir ist!

Aus der Überraschung, wie ich sie mir vorgestellt hatte, wurde nichts, denn im Bewußtsein meiner Familie war der Begriff Briefgeheimnis noch nicht aufgetaucht. Ganz ahnungs- und arglos öffnete Tatte den Brief, der mir mitteilte, daß mein Gedicht angenommen wurde, und wartete ebenso aufgeregt wie ich auf den Tag, an dem es erscheinen sollte.

Es war ein Tag im April. Früh am Morgen schlugen Tatte und ich gemeinsam die Feuilleton-Seite auf. Da!

TATTE
Ich bin nicht asoi kleen.
Er iz nicht asoi scheen.
Un az ich horch ihm nicht,
Iz er in Kas oif mich.
Ich kenn besser zeichenen,
Er kenn besser rechenen.
Ich derzähl ihm a Mainzeh,
Er simmt mir a Lied,
Un git er a Schmeechel,
Weeß ich: es iz git.

Ganz stolz und voll des Hochgefühls, eine anerkannte Jungdichterin zu sein, stieg ich an jenem Morgen in die Straßenbahn, um zur Schule zu fahren. Ich dachte: Jetzt wird alles anders, und ich muß dementsprechend leben. Ich kaufte zwar an der Umsteigestelle aus purer Gewohnheit meinen Hamburger, aber dieses Mal gelang mir das unterbewußte Wegschieben nicht. Im Gegenteil, ich ekelte mich vor dem Verrat an mir selbst und an Mamas guter Küche, vor dem fast ranzigen Fett, dem schlechten Fleisch, den tagealten Zwiebelringen, dem billigen Senf, dem vulgären Ketchup. Ich beschloß, Disziplin und Qualität in mein Leben zu bringen. Es ziemt sich doch nicht für eine angehende Dichterin, die eigenen Widersprüche zu dulden, schlecht zu essen, dick zu sein.

Gut schreiben. Gut essen.

Natürlich stürzte ich mich da unversehens in den nächsten Widerspruch, denn seitdem will ich immer abnehmen...

Und es wird schlimmer mit mir. Meine Kochansprüche arten aus. Aus Drei-Gang-Menus sind, unter der zunächst unschuldigen Hinzunahme von einem Amuse Gueule und einem Salat (etwas Erfrischendes) nach dem Hauptgang, unversehens Fünf-Gang-Menus geworden, manchmal sogar – mit einem Sorbet – sechs. Für sechs Gänge, wie ich sie heute abend, wenn wir mit nur zwei Gästen zu viert sein werden, servieren will, muß ich schon weit vorausplanen, manches vorausbestellen, anderes vorauskaufen. Soll es Sorbet als Zwischengericht oder Halbgefrorenes zur Nachspeise geben, kann ich das am Tag zuvor zubereiten. Es ist immer gut, so vorzuarbeiten, daß ich nicht alles an dem Tag machen muß, wenn die Gäste kommen, ein Fleischgericht zu wählen, das gebeizt wird, über Nacht mariniertes und dann nur kurz gegrilltes Gemüse als Belage zu nehmen.

Früher bin ich nie in Bedrängnis gekommen, auch wenn ich mehr Gäste eingeladen hatte, aber in letzter Zeit habe ich ziemlich aufpassen müssen, um alles auf die Reihe zu bekommen, was ich mir vorgenommen habe. »Und warum nimmst du dir soviel vor?« fragt Tony.

Er hat recht. Ich kann mich noch gut an die Zeit erinnern, als wir in meiner illegal ausgebauten, 25 m² großen Dachwohnung, wo es natürlich kein Eßzimmer gab und der einzige Tisch mein stets mit Büchern und Papieren beladener Schreibtisch war, sechs, manchmal acht Freunde zu einem Ein-Gang-Essen eingeladen hatten. Wir bauten auf einer etwas breiteren Stufe des Bücherregals ein Büffet auf, stellten Tonys niedrige Sechseck-Tischchen zu einer Puzzelfläche zusammen und saßen darum herum auf dem Boden. Damals bestand das Menu aus einem Rinder- und einem Schweinebraten, in Rotwein marinierten Zwiebelringen, frischen Ananasscheiben und einem volkseigenen Bäckerbrot zu zweiundneunzig Pfennigen. Das Brot kaufte ich in einer Bäckerei, von der aus man das Theater am Schiffbauerdamm sehen konnte und das Fleisch in einer immerhin privaten Fleischerei gegenüber dem Deutschen Theater, und zwar mit DDR-Mark, die ich für die Lizenz-Ausgabe meines ersten Romans verdiente. In BRD-Mark wurde das Honorar nicht ausgezahlt. Ich mußte das Geld in der DDR im wahrsten Sinne des Wortes verbraten.

Das war 1974. Zwanzig Jahre ist es her. Damals stieg ich, den »Du bezahlst den Stacheldraht«-Schildern zum Trotz, Feuerbachstraße in die S-Bahn, ließ mich Bahnhof Friedrichstraße langwierig kontrollieren, ging schnurstracks zum öden, sich fortwährend in Dauer-Umräumerei befindlichen, nach Desinfektionsmitteln riechenden Urheberrechts-Büro in der Clara-Zetkin-Straße direkt an der Mauer und hob Geld ab. Ich bekam eine Konto-Karte, auf der der abgehobene Betrag eingetragen wurde. In den Spalten darunter mußten die Händler meine Einkäufe eintragen, mit Stempel bestätigen und den ausgegebenen Betrag abziehen: VEB Bäckerbrot: 0,92 M. 100,00 M minus 0,92 M gleich 99,08 M. Es nervte. Wenn der Bleistift zur Hand war, fand man garantiert nicht den Stempel, und im Subtrahieren hatten die Verkäuferinnen wohl wenig Übung. Es dauerte. Hinter mir stand eine Schlange mißmutiger Frauen. Ich konnte mich gut in ihre Ungeduld, in ihren Ärger einfinden. Was sollte ich machen? Ohne Eintrag und Stempel kam ich vielleicht nicht wieder heraus. Ich sage: vielleicht. Mein Restgeld wurde ziemlich nachlässig im Tränenpalast kontrolliert. Auch da: für Reste keine Aufmerksamkeit.

Wir saßen auf Sofakissen auf dem Boden um Tonys Tischchen herum, tranken ungarischen »Stierblut« aus dem Spezialitäten-Geschäft Friedrichstraße/Ecke/Unter den Linden und zum Schluß einen rumänischen »Murfatlar«. All dies schleppte ich Woche für Woche per S-Bahn und pedes bis in das Dachgeschoß hoch. Kein Fahrstuhl. Kein Auto. Kaum Geld. Aber das Gefühl, gut zu leben, sogar üppig mit Freunden zu feiern. Und es gab Überbleibsel für Tony und mich, die am nächsten Tag und allein zu zweit besser schmeckten als am Abend zuvor unter vielen. Wir konnten beim Rest vom Rinderbraten, den wir, in feine Scheiben geschnitten, mit den übrigen Zwiebelringen kalt aßen, über die Freunde, das Gespräch und das Essen nachsinnieren. Wir hatten diese Gespräche liebgewonnen, aber auch das hat zum Ausarten der Ansprüche geführt, ja sogar dazu, daß die eigentlichen Ziele in ihr Gegenteil verkehrt wurden; denn, was als Verwertung von Resten begann, ist längst zum Vorhaben geworden, Reste übrigzuhaben, um mit ihnen unsere geliebten Gespräche-am-Tage-danach zu gestalten.

Ich begann um so größere Braten einzukaufen, bereitete um so vielfältigere Beilagen vor. Unseren Freunden gingen bald beim Anblick des Angebots die Augen über, sie waren aber wohl schon nach dem Hauptgang ziemlich satt, während ich noch einen Salat und einen Nachtisch in petto hatte, um von den sich allzeit im Vorrat befindlichen, selbstgebackenen Keksen zum Kaffee gar nicht erst zu sprechen, von denen ich, allen guten Vorsätzen, endlich abzunehmen, zum Trotze, heute noch in einer Art Zwangshandlung, jedesmal, wenn sie auszugehen drohen, wieder eine neue Sorte backe. Verzweifelt bringe ich jedem, der uns einlädt, zusätzlich zu den Blumen oder der Flasche Wein, einen

Keks im mit bunten Bändchen gebundenen Frühstücksbeutelchen mit und lasse Tony jeden Montag abend, wenn er sich mit seinem Freund Herbert trifft, mehrere Kekse auf einem mit Alufolie umwickelten Papptablettchen mitnehmen. Herbert freut sich wirklich. Er ist ein grundehrlicher Mensch. Er sagt nicht immer alles, was er meint, aber nie etwas, was er nicht meint. Sonst ernte ich anhand meiner Keksmitbringsel eher etwas verkrampfte Komplimente. Ich weiß nicht, warum ich mit diesem Kleingebäck nicht aufhören kann. Morgens nach dem Frühstück gönnen Tony und ich uns je eins der süßen Stückchen, und obwohl Tony zwischendurch mal ein zweites oder drittes stibitzt, erlaube ich mir nur dieses eine am Morgen.

Sagen tue ich: ich esse den einen Keks deshalb zum Frühstück, weil er mir dann den nötigen Schub Energie gibt, um den Arbeitstag zu beginnen. Wissen tue ich, daß diese Aussage mir selbst vorgeflunkert ist. Ich will mir nicht eingestehen, daß ich eigentlich Dauerdiät mache, immerzu Kalorien zähle, Kost trenne, an Kartoffeln einspare, was ich mir an Sahnesauce erlaube, kurz, daß ich nie frei bin vom Gedanken an mein Gewicht. Nein, wenn ich mir so ein unfreies Verhalten eingestehen würde, käme ich mir nicht nur lächerlich, sondern auch geistig verirrt vor, besessen von einer fixen Idee. Ich würde am wahren Lustverlust meines Lebens verzweifeln.

Der wirkliche Grund, Süßes nur morgens zu essen, ist mein aus diversen Zeitschriften bei diversen Aufenthalten in Arzt- und Zahnarzt-Warteräumen gewonnenes Wissen, daß Kalorien, die man am Morgen zu sich nimmt, weniger Fett ansetzen als solche, die man zwischen den Mahlzeiten oder gar am Abend vor dem Schlafengehen ißt. Diät-Artikel sind die ersten, die ich aufschlage. Dann schaue ich mir die Mode-Seiten an. Mode für Schlanke, Schöne, Junge, Frohe, völlig vom Gedanken ans Gewicht Freie. Dann wende ich mich den Rezepten zu, und schon läuft mir wieder das Wasser im Munde zusammen.

Indessen ist der Menge der Kekse, die ich backe, mit dem einen als Mitbringsel und dem anderen am Morgen kaum beizukommen. Es ergeht mir mit ihnen wie mit den für die Gespräche-am-Tage-danach in zu großer Fülle bereiteten Speisen. Zum Schluß muß ich manches ins Tiefkühlfach tun, um mir Tage später, wenn der Geschmacksnerv sich davon erholt hat, aufs neue Gedanken machen zu können, wie ich sie verwerten kann. Sonst würde aus Mamas vielfältiger Überbleibselküche etwas sehr Einfältiges, um nicht zu sagen Langweiliges.

Vielleicht trauern wir alle, wie ich unseren Dachkammer-Abenden, einer Zeit in unserem Leben nach, die anspruchsloser war, mit bescheideneren Mitteln zu bewältigen, die uns größere Freiräume ließ, und wünschen uns die simplen Freuden von damals zurück, die uns in der Erinnerung voll Wärme, Nähe und Innigkeit erscheinen. Vielleicht verklären wir sie auch, vergessen die Schwierigkeiten.

Schwierigkeiten hatte ich mit einem der Überbleibsel jener Abendessen, das weiß ich noch: Schwierigkeiten mit dem Schweinebraten. Gewiß, ich hatte damals noch lange nicht so viel Erfahrung mit guter Küche, obwohl ich bereits seit zwanzig Jahren für die Familie gekocht hatte, für die Familie meiner ersten Ehe nämlich. Zuweilen waren wir sechs Personen: zwei Kinder, anfangs die Schwiegereltern, später nur die Schwiegermutter. Und dieser Ehemann, der sich rühmte, ein Feinschmecker zu sein, aber sich nicht erinnern konnte, was er tags zuvor gegessen hatte. Er aß keine Zwiebeln. Er roch es durch drei verschlossene Türen hindurch und über zwei Räume hinweg bis in sein Arbeitszimmer, wenn ich eine Zwiebel schälte. Unterbrach erbost seine Arbeit, eilte breiten Schrittes in meine Küche: »Du kochst wohl nicht etwa mit Zwiebeln!« Der Familien-Mythos besagte, seine Mutter hätte, während sie ihn unterm Herzen trug, einen regelrechten Jieper auf Zwiebeln gehabt. Also hätte er sich schon im Mutterleib daran übergegessen.

Er aß keinen Knoblauch. Ich durfte es Mama nicht sagen. Für sie wäre das von vornherein ein Scheidungsgrund gewesen. Knoblauch konnte er aber nicht riechen. Auch die minimalste Menge Knoblauch in einem Gericht aus meiner Küche erkannte er sofort, rügte mich, ließ es manches Mal sogar stehen. Allerdings hatte ich erlebt, daß er auf Reisen deutliche Mengen Knoblauch nicht herausschmeckte, wie sie die französische, die italienische Küche verwendet. Auf diesen Widerspruch hingewiesen, behauptete er, im Gegensatz zu mir würden die mediterranen Köche den Knoblauch zerkochen. Oder er sagte einfach, Widersprüche habe jeder; einen Menschen ohne Widersprüche gäbe es nicht.

Wie sollte ich mich unter diesem Regime in der guten Küche üben?

Ich pflegte, wenn jener Mann mal auf Geschäftsreisen war, so viel Zwiebeln und Knoblauch zu essen, daß ich selbst nach dem Bad am Abend und noch beim Aufstehen am nächsten Morgen einen Knoblauchgeruch an der Haut vernehmen konnte.

Ich glaube, ich hatte in jener Zeit Mamas Kochkunst zu verdrängen versucht. Ich wollte gern, daß meine Küche immer blitzsauber wäre und nach gar nichts röche, wie die von Tante Ete, die eine Etage tiefer wohnte. Ich schloß die Küchentür und öffnete das Fenster sogar beim Kartoffelschälen, lernte, während ich in den für ein amerikanisches Südstaatenmädchen entsetzlich kalten deutschen Wintern bei offenem Fenster fast erfror, weiße Einbrennsoßen herzustellen, nur um dem Mann zu gefallen.

Ich hatte den Drang, deutscher als die Deutschen zu sein, und den wohl sehr amerikanischen Ehrgeiz, alles Neue, Fremde erstmal positiv zu sehen und möglichst gut zu finden. Außerdem war ich sehr jung, vielleicht zu jung. Noch keine neunzehn Jahre war ich alt, als ich jenem Mann nach Berlin, nach Deutschland folgte. Nach Europa, in die Welt meiner Eltern, von der sie mir so oft und so widersprüchlich erzählt hatten: mal nostalgisch, die alte sei eine wesentlichere Welt gewesen; mal wehmütig, sie sei eine

Welt, in der die sittlichen Werte gestimmt hätten; mal aber auch zürnend: grausam und ungerecht sei es im alten Europa zugegangen, Haß und Willkür hätten geherrscht. Wenn ich mich frage, was mich bewegt haben mag, mit einem – wie es sich herausgestellt hat – mir doch im Wesen unbekannten Mann in die Fremde zu ziehen, denke ich, ich wollte die Widersprüche meiner Eltern für mich selbst aufklären. Ich wollte an meine Wurzeln zurück. Ich wollte aber auch nur aus Amerika fort, aus dem Süden, aus Atlanta heraus, aus der Enge des jüdischen Familienlebens ausbrechen, etwas sehen, etwas erleben.

Inzwischen weiß ich, daß ich immer eine Fremde gewesen bin, in welcher Umgebung auch immer ich war: eine Jüdin im protestantischen Amerika, ein Kind polnischer Einwanderer, eine Newyorkerin in Atlanta, eine Weiße im schwarzen Wohnviertel, eine Südstaatlerin im College in Neu England, eine Amerikanerin in Berlin, eine Europäerin in Sri Lanka ... Habe ich Sri Lanka noch nicht erwähnt? Sri Lanka gehört auch zu meinen fremden Welten. Dorthin wollten Tony und ich auswandern vor einiger Zeit. Anderthalb Jahre im ganzen haben wir dort gelebt. Fremde. Die Fremde schreckt mich nicht, im Gegenteil. In der Fremde fühle ich mich frei. Ich stehe außerhalb, beobachte vom Rande. Ich schreibe doch.

Ja, und ich koche. Das Kochen verbindet alle meine Welten.

Übrigens bin ich jetzt eine Wilmersdorferin (ehemals Westberlin) in Prenzlauer Berg (ehemals Ostberlin).

Aber das ist es nicht, was ich erzählen wollte. Ich wollte erklären, daß es nicht nur die Schuld meines zwiebelscheuen ersten Mannes war, daß zwanzig Jahre für eine Familie zu kochen mir zwar viel Routine, aber wenig wirkliche Erfahrung brachte. Man kann sein Leben lang kochen, ohne das mindeste über das Kochen zu erfahren. Dem Kochen wie jeder Kunst muß man sich widmen. Ich tat alles andere. Ich brachte zwei Kinder zur Welt und zog sie auf. Wenn das Geld knapp war, arbeitete ich mit, war zwei Jahre lang Schullehrerin, gab abends Volkshochschul-Unterricht. Die ganze Zeit über ging ich mit Unterbrechungen in die Universität, denn ich hatte das Studium mit achtzehn Jahren abgebrochen, um zu heiraten, und war entschlossen, auf jeden Fall abzuschließen. Ich führte, mehr nebenbei, den Haushalt. Blitzsauber war die Wohnung nicht gerade. Ich schrieb. Wenn ich schrieb, schrieb ich, keiner durfte mich stören. Die Dissertation, eine Monographie, der erste Roman entstanden alle in jenen Ehejahren. Wenn ich heute an mein Tagespensum von damals denke, wird mir schwindlig. Ich rannte mit zielgerichtetem Blick und Riesenschritten durch die Straßen. Es gab gute Freunde, die behaupteten, ich hätte sie auf der Straße weder gesehen noch gehört, obwohl sie mich laut gegrüßt hätten. Sie hätten gedacht, etwas Furchtbares sei passiert.

Nichts war geblieben von der Bedächtigkeit des Südstaatenkindes. Eher die jüdische Hast. Nun, ich will nicht behaupten, ich hätte meine Familie nicht trotz allem gut bekocht. Nur gewidmet habe ich mich damals dem Kochen noch nicht.

Erst als ich aus der Ehe aus- und in jene Dachstube einzog, begann ich mich wieder meiner Mama, meines Tatte zu besinnen. Tony hat ähnliche Werte: Verantwortlichkeit, Wahrheitsliebe, Achtung des Nächsten. Er erinnerte mich an sie.

Er schätzt gutes Essen.

Dennoch: Schwierigkeiten mit dem Schweinebraten hatte ich von Anfang an, habe ich noch, überhaupt mit Schwein. Ganz habe ich das Verbot, Schweinefleisch zu essen, nie verwunden. Die irrationalen Ver- und Gebote der frühen Kindheit sind sehr schwer zu tilgen. Nicht Reste der Erziehung sind es, sondern eher Rückstände, Bodensätze, Schlacken. Man kann sie, wenn überhaupt, nur mit dem Kopf verwinden, nicht mit dem Gefühl.

Wenn vom Schweinebraten etwas übrigblieb, versuchte ich ganz im Sinne von Mama und unter Anwendung des geistigen Geschmackssinnes nachzudenken, womit ich es kombinieren könnte, was sich daraus machen ließe. Aber gerade Schweinefleisch im Sinne von Mama verwerten zu wollen, bereitet mir stets ein zwiespältiges Gefühl. Es liegt etwas von Freiheit darin, als wäre ich über die Grenzen der Kinderstube hinaus und meiner Herkunft keine Rechenschaft schuldig, als könnte ich mich selbst bestimmen. Die Feststellung hat aber einen Beiklang von Trotzigkeit: Ich kann doch verdammt noch mal auch Schweinefleisch essen! Und sicherlich ist die Assoziation, im Dreck zu suhlen, die dem hebräischen Wort »chaser« wie dem deutschen Wort »Schwein« anhängt, nicht ganz unschuldig am zwiegespaltenen Gewissen.

Einen Schweinebraten zuzubereiten ist eine Sache. Da ist nur das reine Fleisch und seine köstliche Jus. Die Reste zu kombinieren ist eine ganz andere Sache. Vielleicht mit einer Paprika-Sahne-Sauce? Schwein und Sahne! Wo doch schon Fleisch und Milch nicht vermengt, nicht einmal vom gleichen Geschirr gegessen werden dürfen. Erkalteten Schweinebraten in gleichmäßige Scheiben schneiden, nebeneinander auf einem Grillblech auslegen und, gesalzen und gepfeffert, ganz kurz unter den heißen Grill schieben, darauf mit jeweils einer nicht zu dicken Scheibe Tomate belegen, abermals – aber spärlich – salzen und pfeffern, wieder unter den Grill geben, bis die Tomaten kleine Blasen werfen. Vielleicht eine dünne Zwiebelscheibe darauf und wieder kurz grillen? Ich schaue im Kühlschrank nach, ob eine angeschnittene Zwiebel als Rest da ist. Nein. Aber ein paar Oliven sind da. Sie können gehackt auf die Tomate verteilt werden. Mit geriebenem Hartkäse bestreuen, es muß nicht Parmesan sein, zum Überbacken wieder unter den – halt! Schweinefleisch und Käse? Schon wieder dieses Verbot.

Es bleiben fast nur die asiatische oder die italienische Variante für meine Schweinebratenüberbleibsel, wobei ich bei ersterer prüfen müßte, ob nicht die Verwendung von KokosMILCH in meinem aus der jüdischen Kindheit arg gestreßten Hinterkopf ähnlich irrationale Gewissensbisse hervorruft wie normale Milch. Daß ein veritables Currygericht ausschließlich mit Kokosmilch bereitet wird, das lernte ich in Sri Lanka. Auch daß Kokosmilch nicht die Flüssigkeit in der geschlossenen Kokosnuß ist – die schüttet man fort –, sondern die Milch, die entsteht, wenn man frisch geraspeltes Kokosnußfleisch mit der Hand durch ein Wasserbad drückt. In Sri Lanka und Indien drückt man es durch drei Bäder hindurch, wobei drei immer dünnere Milchwasser entstehen. Auch die schönen Kokosraspel wirft man dann fort. Beim Draußen-Kochen – in den Villages usus – wirft man sie auf die Erde, der sie, so heißt es, nur guttun. Die letzte, die dünnste Milch nimmt man zum Einkochen, die mittlere zum Weiterkochen, denn das Kochen dauert lange, und die erste, dickste, versteht sich, zum Eindicken. Nie braucht man ein Bindemittel.

Da hören aber die Mißverständnisse in Sachen Curry noch lange nicht auf. Es gibt kein Currypulver! Also gut, in den korrumpierten Küchen der zu Allerweltsniveau verkommenen Touristenhotels nimmt man das Currypulver, das die Gäste aus Allerwelt erwarten. Ansonsten würden sie wahrscheinlich die Curries nicht als solche erkennen. Im Gegensatz dazu stellt eine srilankanische Frau eine passende Gewürzmischung für jedes Curry zusammen. Die für Kürbis-Curry unterscheidet sich von der für Rote-Beete-Curry. Eine ganz andere nimmt sie für Lamm-Curry. Natürlich variieren die Frauen, entwickeln eine eigene Küche. Den Curries gemein ist das glänzende, harte, dunkelgrüne Curry-Blatt, das mitgekocht wird und seine unverkennbare Würze abgibt. Meistens werden auch Chilis verwendet, die die Curries scharf machen. Sehr scharf.

Ich will ab und zu eine srilankanische Reistafel bereiten, obwohl Kokosmilch bekanntlich nicht nur die Sauce, sondern auch den Genießer dick macht. Man kann die verschiedensten Überbleibsel zu überraschend schmackhaften Curries aufbereiten. Es ist ein äußerst aufwendiges Unterfangen. Selbst wenn man mit vorhandenen Resten beginnt, dauert die Bereitung der meistens fünf bis sechs verschiedenen Curries und der zwei bis drei sie begleitenden Chutneys und Sambols, die, um eine wohlgefüllte Schüssel Reis herumgestellt, die verlockenden Reistafeln Sri Lankas zieren, mindestens einen ganzen Tag in der Zubereitung, wenn nicht anderthalb und mit Einkaufen zwei. Ab und zu würde ich diese Zeit sogar investieren. Es lohnt sich. Es gibt aber leider fast unüberwindliche Barrieren. Das Curry-Blatt zum Beispiel. Curry-Blatt kriegt man hierzulande nirgends. Damit fängt die Misere an. Es gibt Zitronen-Gras, Koriander und Raspe, Bitter-Gourd, scharfe Chilis, um die Weihnachtszeit Kokosnuß. Ich muß immer lachen, wenn ein Lebensmittel-Verkäufer mir im Mai oder September erzählt, es sei für die Kokosnuß keine Saison. Sie wachsen und reifen das ganze Jahr über auf jener schönen Insel, die einst Ceylon hieß und deren Tee wir dauernd importieren. In Italien bekommt man frische, geschälte, unter kleinen Fontänen kühlgehaltene Ko-

kossegmente vom Stand auf den Wochenmärkten zu jeder Jahreszeit. Aus irgendeinem unerfindlichen Grunde wird Kokosnuß in Deutschland zu Weihnachten gekauft, also wird sie nur dann eingeführt. Die Kokosnuß ist öfter, sage ich zu dem Verkäufer. Den Witz kennt er aber nicht.

Vom Curry-Blatt hat man hier noch gar nichts gehört. Man muß ja froh sein, daß es Knoblauch in Mengen und Paprikaschoten in allen Farben gibt. Das war 1960, als ich Berlinerin wurde, noch lange nicht der Fall. Wir sind noch nicht auf asiatischem Kochniveau. Wir sind gerade mal auf dem italienischen.

Also italienisch, entscheide ich mich meistens, wenn ich auf der Suche nach einem Schweinebraten-überbleibsel-Gericht bin. Ich bleibe aber skeptisch, während ich Tomaten blanchiere und schäle, grüne Paprikaschoten unterm Grill schwarz röste, in einer Schüssel zugedeckt schwitzen lasse, nach fünf Minuten die verkohlte Haut abziehe. In der Jus – sorgfältig aufgehoben – und zusammen mit etwas Fond von vergangenen Knochenbrühen – stets im Tiefkühlfach bereit – ein paar Kartoffeln garen. Mmmm? Vielleicht Staudensellerie dazu? Erst die Fäden abziehen, Sellerie in Scheiben schneiden, blanchieren und in Butter anbräunen. O nein! Butter und Schweinefleisch! Ich beiße die Zähne trotzig zusammen: Ich kann doch verdammt noch mal ... und mache weiter. Nun, Fleischwürfel, Tomatenachtel, Paprikaschnitten, Selleriescheiben zu den Kartoffelstückchen im sämigen Jus-Fond-Sud und italienisch würzen:

Thymian, Oregano, Rosmarin, Pfeffer und Salz. Eine winzige Prise Zucker – wirklich nur ein paar Körnchen, Zucker macht in Salzigem das, was ein wenig Salz in einem Kuchenteig macht, er bringt den entgegengesetzten Geschmack erst richtig zum Vorschein: Immer ein paar Körnchen Zucker in eine Fleischsauce. Etwas einkochen, aber nicht zu lange: keinen Kartoffelmatsch, sondern noch bißgerechte Stücke. Wenn die Flüßigkeit noch immer zu dünn ist, mit in Weißwein aufgelöstem Pfeilwurzmehl leicht binden.

Pfeilwurzmehl. Da geht es mir fast wie mit dem Curry-Blatt. Auch hiervon hat kaum einer je gehört. Ich komme darauf zurück. Es ist mir ein Bedürfnis, auf Pfeilwurzmehl zurückzukommen. Maranta arundinacea. Was habe ich schon alles angestellt, um in Deutschland zum schneeweißen Pulver dieser Wurzelpflanze der amerikanischen Tropen zu kommen? Daß man es hier nicht einmal kennt, geschweige denn bekommt, halte ich für eine unerlaubte Kartellabsprache der Mondamin-Multis. Die wissen ja genau, daß sie gegen dieses ganz natürliche Bindemittel nicht die Spur einer Konkurrenzchance haben. Wie kurz auch immer mitgekocht, hinterläßt es in der Sauce keinen mehligen oder gar stärkemehligen Geschmack. Kalt aufgelöst und sanft in die leicht köchelnde Sauce gerührt, bildet es keine Klumpen, sondern ergibt eine samtene, leichte Sämigkeit.

Überglücklich war ich, als ich nach langer, stets frustrierender Ersatzsuche vor einigen Jahren Pfeilwurzmehl am Exoten-Stand im Kaufhaus des Westens, KaDeWe, entdeckte. Die Freude war kurz. Die freundlichen gelben Packungen verschwanden auf einmal so unerwartet, wie sie erschienen waren. Ohne Vorwarnung. Ich konnte mir nicht einmal einen Vorrat zurücklegen. Die französische Firma Groult, erhielt ich auf Anfrage die Auskunft, führe dieses Produkt nicht mehr nach Deutschland aus. Das habe ich schon einmal mit einem anderen französischen Erzeugnis erlebt: Badoit, ein Tafelwasser, für das ich, wäre ich Raucher, wie für eine Camel meilenweit laufen würde. Sie wollen ihre guten Dinge für sich behalten, die Franzosen, und das kann ich ihnen nicht verdenken. Wenn man Badoit trinken will, muß man eben nach Frankreich reisen. Das ist doch gut. Sonst verflacht alles EUweit. Aber gerade Pfeilwurzmehl? Nicht mehr nach Deutschland?

Ich bin kein Mensch, der zu Depressionen neigt. Im Gegenteil, ich glaube, wie die überwiegende Mehrheit der Amerikaner, an die Macht des positiven Denkens. Aber der Gedanke an die bevorstehende Pfeilwurzmehllosigkeit versetzte mir einen Schlag. Eine Recherche begann, die mich in Feinkost-Läden von Rack am Roseneck über Nöthling am Rathaus Steglitz bis zu Jaletzky am Hagenplatz führte. Ohne Erfolg. Ich klapperte spanische, italienische und indische Spezialitäten-Geschäfte ab. Manchmal konnte ich in einem Asia-Laden eine kleine Packung Pfeilwurzmehl bekommen, aber nicht zuverlässig. Auch für sie scheint dieser Artikel nicht zum unbedingt rechtzeitig nachzubestellenden Sortiment zu gehören.

Dann aber kam mir auf einer Reise nach England in einer gewöhnlichen Apotheke zufällig ein Päckchen Arrowroot zu Gesicht, das nur ein paar Pence kostete, ein Bruchteil des KaDeWe-Preises und sogar weniger als im Asia-Laden. Ich kaufte gleich mehrere. Natürlich nicht genug, aber im Reisegepäck war, neben all den Kleinschätzen, die wir in den Myriaden von wunderlichen Land-Trödelläden Cornwalls erstanden hatten, nicht mehr viel Platz. Bald war mein Vorrat an Arrowroot alle. Mein Küchenengel muß da eingesprungen sein, denn ein guter Freund fuhr nach England, um eine Werft aufzusuchen, wo Katamarane gebaut werden. Er interessiert sich halt für Katamarane. Das war mein Glück. Ohne zu zögern, beauftragte ich ihn, mir Arrowroot aus irgendeiner Apotheke jener Insel mitzubringen, die einmal eine Kolonialmacht war und also alle guten Sachen dieser Erde für den eigenen Gebrauch requiriert.

Inzwischen liege ich wie ein Spion auf der Lauer, horche – hoffentlich unauffällig – Freunde und Bekannte aus, ob sie zufällig eine Reise nach England in naher oder ferner Zukunft planen, und überrumpele sie, so charmant ich nur kann, mit der Bitte um Pfeilwurzmehl. Tony ist das peinlich. So gehe man nicht mit Freunden um. Ich ließe den Armen gar keine Wahl als zuzusagen, verspreche, sie dafür zu einem schönen, ohne Pfeilwurzmehl nicht zu verwirklichenden Essen einzuladen. Das sei Erpressung.

Tony ist ein Mensch, der den Leitsatz »Was du nicht willst, daß man dir tu ...« ernst nimmt. Gewissermaßen ein Rudiment seiner katholischen Erziehung. Er selbst, versichert er mir, möchte nicht von irgendeinem sogenannten Freund den Auftrag mit auf eine Reise nehmen, etwas einzukaufen und mitzubringen. Auf einer Reise möchte man endlich einmal machen, was man wolle, und nicht, was andere von einem wollen. Ich sei ein unverschämter Egoist.

Egoisten sind immer unverschämt. Die Unverschämtheit ist das Wesen des Egoismus. Meine spezifische Art würde ich aber eher egozentrisch als egoistisch nennen. Ich suche nicht, *eigene Wünsche zu erfüllen ohne Rücksicht auf andere* (der große Duden). Vielmehr habe ich den amerikanischen Hang, *die eigene Person als Zentrum allen Geschehens zu betrachten* (auch der große Duden). Vielleicht bin ich aber gar nicht egoistisch, sondern egot-istisch: *Eine philosophisch begründete Form des Egoismus, die das Glück der Menschheit dadurch herbeizuführen trachtet, daß der einzelne auf ein Höchstmaß persönlichen diesseitigen Glücks hinarbeitet* (ebenfalls der große Duden). Und ebenfalls amerikanisch, ist doch bereits in der Präambel zur amerikanischen Deklaration der Unabhängigkeit, das Streben nach Glück als das unveräußerliche Recht eines jeden Menschen festgeschrieben. Es waren große Worte, die am 4. Juli 1776 niedergeschrieben wurden:

*We hold these truths to be self-evident, that all men are created equal, that they are endowed by their Creator with certain unalienable Rights, that among these are Life, Liberty, and the pursuit of Happiness.*

Zu große Worte. Ganze hundert Jahre danach ging erst der Bürgerkrieg zu Ende, der um die so stolz als gottgegeben proklamierte »Gleichheit« der in die Sklaverei verkauften Schwarzafrikaner ausgefochten wurde. Und es dauerte noch einmal hundert Jahre, bis die »befreiten« schwarzen Bürger der Vereinigten Staaten das ihnen verweigerte Recht der Gleichheit, zumindest vor dem Gesetz, mit Martin Luther King als Traum formulieren konnten. Eingeklagt ist es auch heute noch nicht, aber am 6. Januar 1994 erschien eine denkwürdige Zeitungs-Kolumne von Atlantas altehrwürdigstem Kolumnisten, Jim Minter, der, ich kann mir nicht helfen, täuschende Ähnlichkeit hat mit Jimmy Carter, unserem berühmtesten Sohn. In seinem Artikel zitiert Jim Minter langatmig und wortreich wie ein guter, eklektischer Südstaatenjournalist einen anderen Kolumnisten, und zwar Lee May, der ebenfalls aus Georgia stammt, wenn auch eher vom Lande, und daher mit wesentlicheren Volksweisheiten aufwarten kann, als sie in der Großstadt vorkommen. Lee May konstatiert, daß gewisse beliebte Südstaaten-Speisen wie Barbecue, Maismehl-Brot, Kohlrabi-Blatt und alles in Fett Gebratene die Rassentrennlinien schon immer durchkreuzt hätten. Solche Gerichte vereinten Weiß und Schwarz kulinarisch und schlugen dazu noch eine Brücke zwischen dem Süden von gestern und dem von heute. Seinen Südstaaten-Zeitgenossen beider Rassen empfiehlt er, zu einem gemeinsamen Picknick mit geschmortem Kohlrabiblatt und in selbstgebranntem Schnaps getränktem Maismehlbrot zu laden, um an das simple Leben vergangener Dekaden anzuknüpfen und wieder zum Glauben zurückzukommen, daß Harmonie zwischen den Rassen wirklich möglich ist. »Südstaaten-Mägen«, resümiert Lee May, »sind schon immer integriert gewesen.«

Gewiß schmunzele ich jetzt auch, wenn ich derartig Naives lese. Ich bin eben lange Europäerin. Mehr als drei Jahrzehnte, und es waren entscheidende Jahrzehnte. Aber ein wenig von jener Simplizität des Denkens hätte ich gerne übrigbehalten. Sie fehlt mir. So beziehungsreich, konvolut und verschlungen sind die Denkschemen der europäischen Intellektuellen, mit denen ich verkehre, so wissensbeschwert und gewissensbeladen, sie können sich kaum über die Dinge erheben. Es ist aber möglich, daß die Dinge in ihrem Wesen simpel sind. Wenn man sie, wie Herr May es vorschlägt, am gemeinsamen Tisch bei einem guten Essen betrachtet. Selbst ein äußerst rationaler, akribisch analysierender Europäer wie Michel Montignac kommt zu diesem Schluß. Der französische Personalchef und Industrieberater versichert in seinem 1987 erschienenen Buch »Comment maigrir en faisant des repas d'affaires«, daß erfolgreiche Geschäfte am besten bei einem guten Geschäftsessen abgeschlossen werden, und erklärt, wie man, selbst wenn man mehrmals die Woche in noblen Restaurants mit Geschäftsfreunden speisen muß, dabei schlank werden und schlank bleiben kann.

Ich habe sein Buch gekauft, weil ich abnehmen will. Ich habe es auch gelesen. Leider esse ich nicht mit Geschäftsleuten in noblen Restaurants, sondern bei mir, die ich Zusammenstellungen nach Mamas minus jüdischkoschere Regeln quer durch meine jeweiligen Überbleibsel mache. M. Montignac, wohl der Vorreiter, wenn nicht der Gründer der Trennkost, ist sehr streng, was Zusammenstellungen angeht. Obst ja, aber stets für sich allein und etliche Stunden nach sowie vor einer Mahlzeit. Brot nur zum Frühstück. Vollkornbrot, niemals Weißbrot und um Himmels willen OHNE Butter. Wenn ich die Direktiven des M. Montignac, was womit ja und was womit nein und was womit nur unter Hinzufügung wovon lese, denke ich, die alttestamentarischen Ernährungsvorschriften meiner Vorfahren sind leichter zu befolgen. Sein Buch ist nicht für mich.

Sein Buch ist für Amerikaner, die sogar Geschäftsessen im Fast-Food-Verfahren zu absolvieren angehalten sind und dabei glauben, alles, wofür sie bezahlt haben, aufessen zu müssen. Schnell und viel. Zeit ist Geld, und mehr fürs Geld sind die Leitlinien. Ein Verkaufsschlager bei McDonalds wäre ein Angebot: Buy one, get four. Welch ein Alptraum.

Ich komme aus einer abgewandelten Tradition, aus der jüdisch-amerikanischen: Zeit ist Geld, aber doch nicht beim Essen.

Beim Essen herrscht die Sinnlichkeit. Sie schaut nicht auf die Uhr. Sie schaut nach innen auf das Wohlgefühl. Gewiß war es in den gehetzten ersten Jahren, als Tatte viele Schulden hatte, ihm nicht immer möglich, in besinnlicher Ruhe das Mittagessen zu genießen. Ebensowenig wie es für Mama damals möglich war, sich der Vorbereitung mit der Hingabe zu widmen, die ihr Naturell verlangte. Das Geschäft ging vor. Früh um sieben wurde bereits geöffnet, damit die Frauen frische Eier, Speck und Toastbrot kaufen konnten, und geschlossen wurde abends erst um acht, wenn auch die, die am spätesten von der Arbeit kamen, ihre Büchse Sardinen und Schachtel Crackers geholt hatten. Tatte selbst hat jeden Morgen hinterm Tresen im Laden gefrühstückt, wohin ihm Mama sein dick mit Gänseschmalz und Knoblauch belegtes Pumpernickel-Brot brachte. Daneben brannte im alten Samowar die kleine Flamme wie das heilige Ewige Licht. So viel von den alten Eß-Gewohnheiten hatte er noch aus der Heimatstadt, Zamość, bewahrt, die südöstlich von Lublin an der russisch-polnischen Grenze liegt. Sowohl den Kaffee am Nachmittag als auch die Brote zu Abend nahm Tatte ebendort an dem Tresen im Laden ein. Zu Mittag aber sollte Tatte »wie ein Mensch« essen. Das betonte Mama. Sie brächte ihm das Mittagessen nicht in den Laden! Er sollte in die Wohnung hochgehen und wie ein Mensch am Tisch essen. Sie stände so lange allein im Laden, bis er aufgegessen hätte, und wenn er sich nach dem Essen ein wenig hinlegen wollte, so stände sie so lange allein im Laden, bis er herunterkäme.

Ich weiß nicht, wie sie das alles geschafft hat, die kleine Mama. Wann hat sie denn jene klaren und duftenden Gemüse-Suppen vorbereitet, jene mürben und saftigen, von der Natursüße der Zwiebeln durchzogenen Schmorbraten aufgesetzt? Sie muß ein Organisations-Genie gewesen sein, eine Meisterin des Zwischendurch-Erledigens, eine der seltenen Spezies geborener Manager, die alle Fäden in der Hand und alle Planungen im Kopf und noch ein Lächeln auf den Lippen haben. Jedenfalls muß sie rein intuitiv all das gewußt haben, was kursiv gedruckt in manch einem Rezept meiner »Gourmet«-Hefte steht, nämlich wie weit man was vorher bereiten und am besten aufbewahren kann, um nicht alles im letzten Moment machen zu müssen, wenn die Gäste bereits da sind. Ich weiß noch, daß Mama das Fleisch für den nächsten Tag bereits am Abend davor gesalzen und zum Abtropfen auf ein schiefgestelltes Brett gelegt hat. Es ist eine alte Methode, die aus den strengen Gesetzen des jüdischen »Kaschrot« herstammt, die besagen: Der Jude darf Blut nicht essen. Eine Stunde lang liegt das Fleisch im Wasser, und eine weitere tropft es, gesalzen und schräggelegt, ab, damit es alles an Blut verloren hat, bevor man es kocht. Obwohl ich nicht koscher halte und das Fleisch nicht wässere, folge ich nach wie vor dem alten Brauch des Einsalzens, wenn es sich nicht gerade um Steaks handelt, um Kalbskotelett oder Leber etwa, denn solche Schnitte mag ich am liebsten »englisch«. Ein Rinderbraten, Tafelspitz zum Beispiel, liegt bei mir immer erst eine Stunde im Salz. Auch mit Geflügel verfahre ich so. Es hat eben einen besseren Geschmack, wie ich finde. Vielleicht nur für mich. Vielleicht weil ich meine Herkunft nicht im freudschen Sinne überwunden habe, in ihr verhaftet geblieben bin. Eine Fehlentwicklung, sagt Freud. Will man ein reifer Mensch werden, muß man mit den Eltern brechen und alles überwinden, was sie einem als Über-Ich eingeflößt haben, als man noch Kind und formbar war. Ich habe das nie verstanden. Ich will das nicht. Soll ich unreif bleiben. Mir schmeckt das Fleisch so, wie es Mama und so viele jüdische Frauen über alle Zeiten und in der ganzen Welt zubereitet haben. Das will ich weiterhin genießen.

Zu meinem Glück hat Tonys Mutter das Fleisch ebenfalls immer eingesalzen abtropfen lassen. Sie war eine rumänische Weinbauer-Tochter griechisch-russisch-orthodoxen Glaubens, die bei ihrer Eheschließung Katholikin wurde. Sie gebar zwölf Kinder. Geld war nicht gerade üppig vorhanden. Fleisch gab es nicht oft. Aber den Geschmack ihrer Sonntagsbraten hat Tony noch immer im Mund. Wenn er »Mmmm« sagt, »schmeckt wie zu Hause«, bin ich bestätigt und belohnt.

Zu Mamas instinktiven Managerin-in-der-Küche-Künsten gehörte das abendliche Vor-Vorbereiten und sachgerechte Aufbewahren von Gemüse. Sie schabte die Möhren ab, wusch sie und wickelte sie gut in Küchenkrepp ein. Den viele Male in kalten

Wasserbädern gespülten Kopfsalat legte sie Blatt für Blatt wieder zusammen, um sie ebenfalls mit dem Krepp zu umwickeln. Desgleichen die Kräuter: Dill, Schnittlauch, Petersilie, jede Sorte für sich und separat. Befeuchtet kamen solche Rohkost-Pakete ins Gemüsefach. Am nächsten Tag war alles frischer als frisch. Ich habe die Methode nicht nur beibehalten, sondern erweitert. Es macht viel aus, wenn das Gemüse bereits geputzt ist und knusprig aus dem Fach kommt, will man ein Fünf-Gang-Menu für vier Personen herstellen und dann selbst am Tisch sitzen und essen »wie ein Mensch«. Noch schöner ist es, alle Zutaten für den Salat, den ich am Abend als Zwischengericht nach dem Fleischgang und vor dem Dessert servieren will, morgens aus dem Küchenkrepp auszuwickeln und artgerecht zerkleinert bereits in die Salatschüssel zu geben, die Schüssel dann mit dem (Überbleibsel) Küchenkrepp, noch einmal gut mit kaltem Wasser befeuchtet, zu bedecken und den bis auf die Vinaigrette fertigen Salat im Kühlschrank aufzubewahren. Er kommt dann kühl und knackig auf den Tisch. Und wenn man nach dem Hauptgang mal ausnahmsweise auf einen Salat keinen Appetit hat, hält er sich ebenso frisch bis zum nächsten Tag.

Apropos »artgerecht zerkleinern«: Tony, der mir inzwischen immer öfter ein wenig helfen darf, hat beim Zubereiten eines Chicorée-Salats entdeckt, wie unterschiedlich dasselbe Gemüse schmeckt, je nachdem, wie es geschnitten ist. Eigentlich wollte er nur »anders« sein. Dafür ist er Designer, wenn auch diese Berufsbezeichnung ihm bereits zu abgegriffen ist und schon immer zu schwammig und zu modisch war. Er wollte den Chicorée, vornehmlich des Aussehens wegen, nicht wie üblich in Scheiben, sondern längs in Julienne-Streifen teilen. Auf diese Weise entfernte er unversehens auch den leisesten Hauch von Bitterkeit. Außerdem war zart zum Biß, was sonst doch störend hart sein kann. Würde man Basilikum wie Petersilie fein wiegen, wäre es zu dominant. Höchstens in Streifen sollte man Basilikum schneiden. Mit frischem Thymian dagegen, der doch eine Zierde jedes Balkon-Blumenkastens ist, kann man spielen. Im Mörser zerdrückt, verteilt er sein feines Aroma übers ganze Gericht. Will man ihn weniger intensiv, aber dennoch präsent, läßt man seine Blättchen ganz. Soll er eine Bratensauce würzig bereichern, tut man ein Zweigchen oder zwei auf den Pfannenboden unters Fleisch. Man kann ihn aber auch so fein wiegen, daß er fast so scharf wie Pfeffer schmeckt, ohne seinen typischen Geschmack zu verlieren. Dann ist er für Pesto eine Wonne.

Alles Spielerei. Zu Spielereien braucht man gewöhnlich Zeit, und Zeit wäre eine Würze des Lebens, hätte man sie nur. Ich verbringe viel Zeit in der Küche. Nicht weil ich sie hätte. Ich habe keine Zeit. Ich will schreiben, den Haushalt machen, Tennis-Übertragungen Ball für Ball verfolgen, endlich die Knöpfe annähen und die Stiefel putzen, kochen ...

Manchmal ist es wie eine Meditation. Sie wird durch einen Geruch ausgelöst, durch einen Geschmack. Wie Proust verfalle ich in die kühle Sinnlichkeit des Erinnerns. Ich rette mich da hinein, um nicht wahrzunehmen, was alles liegenbleibt, weil ich koche.

Die Vinaigrette bringt mich immer wieder so weit, schmeckt sie doch in jedem Stadium ihrer am liebsten langen Vorbereitungszeit verschieden. Gleich morgens, nachdem ich den Salat geschnitten habe, fange ich mit ihr an. Himbeer-Essig? Sherry-Essig? Balsamico? Zitronensaft? Ich lasse die anderen Speisen des geplanten Menus meine Zunge platonisch berühren, und schon ist Mama da, den Blick nach innen gekehrt, das Essen im Geiste vorschmeckend, um es zusammenzustellen. Sie erzählt mir Geschichten, »Mainzehs« aus der alten Zeit, als die Sommer heiß und die Winter kalt waren und als nur hineinzubeißen in eine Tomate vom Strauch eine Freude war wie die Liebe. Ein wenig entrückt und deshalb noch konzentrierter, streue ich Salz, braunen Zucker und Senfpulver in den Essig, schlage ihn gut mit dem kleinen Spiralbesen durch und koste. Eine Stunde später und nach nochmaligem Schlagen schmeckt er bereits milder. Die Zutaten haben begonnen, sich aufzulösen, sich zu vermengen. Ich kann mir dann die Kräuter vorstellen, die passen, und beginne, sie zu zerkleinern. Die Aromen, die ich rieche! Alsbald kommt mir der Garten hinterm Lebensmittelladen in Atlanta in den Sinn. Ich sehe Ethan vor mir, als würde er noch leben. Er war eines Morgens in jener unruhigen Zeit der ersten Kriegsjahre in den Laden gekommen, und als ich ihn fragte, was er kaufen möchte, sagte er, kaufen möchte er nichts.

Ethan war ein schwarzer Landarbeiter. Wie so viele seinesgleichen hatte er ein Leben lang die Schollen weißer Landbesitzer beackert, die am Ende nicht nur nichts vorzuweisen hatten, sondern von Glück reden konnten, wenn sie nicht verschuldet waren. Ethan war aber begnadet und verflucht. Was er auch pflanzte, wuchs und gedieh. Wen er auch liebte, starb ihm weg, die Kinder schon im Säuglingsalter, nacheinander die vielen Geschwister, jung noch die Frau, als wäre Hiob auferstanden. Nun war er alt, ich wußte nicht, wie alt, alterslos alt. Wahrscheinlich war er immer alt gewesen. Eines Tages hatte man ihm einfach gesagt, er könne die Arbeit nicht mehr verrichten, und hatte ihn gehen lassen. Ich wußte, daß er mittellos war, wie sollte er etwas kaufen? Ethan stand da, den Kopf tief geneigt, einen alten Hut in den Händen, den er langsam und stetig unter den schwieligen Fingern kreisen ließ, bis ich Tatte zu ihm rief. »Mr. Landers«, fing er dann an: »Y'all's done got a real nice back yard.«

»That's right«, sagte Tatte und wartete ab. Er mußte lange warten, bis Ethan damit herausrückte, was er mit dem »wirklich schönen Hinterhof« im Sinn hatte. Ethan erzählte, daß er noch einen Großneffen habe, den er wie den eigenen Sohn liebe, und daß der Junge, kaum hätte Amerika Japan den Krieg erklärt, sich freiwillig gemeldet habe.

»He's gone, Mr. Landers. He's out there fightin' for this here great nation!«

Tatte meinte, das wäre lobenswert, und er hoffe, der Großneffe kehre eines Tages als Held zurück. Aber Ethan war nicht zufrieden. Er sagte, wir könnten die Jungen nicht alleine lassen, alle müßten helfen. Da war sich Tatte keiner Schuld bewußt, im Gegenteil, er sagte, er sammele fleißig die staatlichen Rationierungs-Marken seiner Kunden für Zucker, Fett und Fleisch und gebe sie, hübsch ordentlich von seiner Tochter Jeannette eingeklebt, jeden Monat an die Behörde für die patriotische »Kriegs-Anstrengung« ab.

Ethan war aber immer noch nicht zufrieden. Er kam auf den großen Hinterhof zurück, auf dem nur Gras und Klee, wilde Sträucher und allerlei Unkraut wuchsen. »That there am a real shame«, sagte er mit glaubwürdiger Trauer.

Plötzlich lächelte Tatte. Jetzt glaubte er zu wissen, was Ethan wollte. Er fragte, was wohl sonst im Hinterhof wachsen sollte, damit er keine Schande sei.

»A Victory garden«, sagte Ethan. »Yessuh, a real, nice, big Victory garden.« Einen solchen Nutzgarten für die Kriegsanstrengung zu pflanzen sei jedermanns patriotische Pflicht. Ich wußte, was er meinte, denn in der Schule hatte man uns Kinder angehalten, einen kleinen Nutzgarten anzulegen, und ich hatte es schon auf dem schmalen Seitenstreifen neben dem Laden versucht. Leider habe ich noch nie eine glückliche Hand mit Pflanzen gehabt. In meinem Versuchs-Siegesgarten wuchsen, egal, was ich eingepflanzt und mit entsprechenden Saattüten-Schildchen versehen hatte, überall nur Radieschen.

Nicht so bei Ethan. Als Tatte ihm gestattete, den Hof zu bestellen, schien er um Zentimeter zu wachsen. Er ging hinaus und stand eine gute Weile ziemlich reglos mitten in all dem Unkraut, als sehe er den Garten bereits wachsen. Dann senkte er den Kopf, schloß die Augen und bewegte die Lippen in lautlosem Gebet. Ethan pflügte alles um, säte und erntete, daß es ein Segen war, durfte auch, bis auf das, was Mama ihm als eine Art Pachtzahlung abnahm, alles behalten oder verkaufen, wie er wollte. Sein Großneffe fiel. Ethan saß auf der Erde und weinte. Ich sehe ihn noch sitzen und weinen, wenn ich an meinen Berliner Balkonkräutern rieche: ein Sinnbild für all das, was an Güte und Ehre so ungerecht entlohnt wird in dieser Welt. Und doch, denke ich, vielleicht war sein Leben mit den Schollen, die ihm nicht gehörten, ein reiches, reich an Sinnlichem und arm am vielfältigen Kummer des Besitzes.

Dann kommt es mir unbescheiden vor, sogar scheltenswert, daß ich dabei bin, ein Sechs-Gänge-Menu für den heutigen Abend zu gestalten. Ich sage mir schon: Das ist verstiegen. Aber es reizt mich. Zunächst zum Begrüßungs-Cocktail: ein gefüllter Champignon und »Ivy's Butterhorn Rolls«. Den Champignon, mit seinem eigenen Stengel gefüllt, nenne ich Champignon-Narziß. Viel zu blumig findet Tony diese Bezeichnung. »Heute kann man dazu höchstens Autoerotiker sagen.«

»Aber ich kann doch nicht oben auf dem Speisenzettel ›Champignon-Autoerotiker‹ schreiben.«

»Warum nicht? Du willst dich doch immer um eine moderne Sprache bemühen.«

Ich antworte nicht. Ich hacke. Sehr fein muß der Stengel gehackt werden. Ebenso fein: Knoblauch und Petersilie. Dazu kommen geriebener Parmesan, Pfeffer und Salz sowie Oliven-Öl. Zu einer homogenen Farce vermenge ich alles, häufe sie teelöffelweise in die Vertiefung. Wenn die Gäste schon da sind, kommen die Champignons für zehn Minuten in den Ofen und, heiß zum Cocktail, auf den Tisch. Es muß nicht immer Parmesan sein. Käse-Überbleibsel. Pecorino ist schön. Dill oder dieses Supermarkt-Töpfchen-Basilikum, das weder lebt noch stirbt, verbrauche ich manchmal anstatt Petersilie. Nußöl gelegentlich.

Dagegen »Ivy's Butterhorn Rolls« (natürlich aus der »Sugar and Spice«-Rubrik im »Gourmet«) müssen ziemlich streng nach Rezept bereitet werden. Auch dann werden sie jedesmal anders, je nach Witterung oder zufälliger Maßtreue. Hefeteig lebt. Hefeteig ist etwas Lebendiges, und dieser bestimmte Hefeteig ist launig. Warum willst du denn ausgerechnet diese schwierigen Hörnchen machen, wenn du sechs Gänge vorzubereiten hast? frage ich mich. Es ist aber schon längst entschieden. Ich beginne, bevor ich mir antworte. Und es kommt, wie es immer kommt: Der Teig ist so weich und so klebrig, daß ich ganz sicher bin, nie im Leben werde ich ihn zu schönen Hörnchen formen können. Zu spät. Der Teig ist da. Hoffentlich geht er auch auf. Ich öle mir die Hände, befördere ihn, so zärtlich ich kann, in eine große Schüssel und bedecke sie mit dem alten, schon löchrigen Tuch. Ich liebe das vergilbte, halbleinene Tuch, das eigentlich kein Tuch ist. Als ich noch ein Kind war, lag es als Mehlsack im kleinen Lagerraum hinter Tattes Lebensmittelladen mit all den anderen Säcken Mehl, die immer einzeln nach vorne geholt wurden. Mehl verkauften wir lose. Es wurde eingetütet, abgewogen. Die Tüten waren aus braunem Papier. Die Waage hing von der Decke ab. Und weil die Säcke so selten bewegt wurden, versteckte sich unsere Katze Blinky dahinter, um ihre Kätzchen zur Welt zu bringen.

Mama hat jeden geleerten Sack ausgekocht, oben gesäumt und als Kopfkissenschoner zwischen Inlett und Bezug benutzt. Ihren Töchtern gab sie jeweils etliche als Teil der Mitgift, denn sie betrachtete sie als durchaus gleichberechtigt neben den schönen, bestickten Kopfkissen der üblichen Aussteuer. Und wenn sie als Kopfkissenschoner ausgedient hatten, trennte sie sie auf, kochte sie gut aus, bügelte und umsäumte sie, faltete sie zurecht und tat sie zu den Geschirrtüchern. Sie nahmen die Feuchtigkeit besser auf als manches dafür Gekaufte, fusselten die Gläser nicht voll, waren weich und angenehm in der Hand und mußten nicht vor Flecken geschont werden, denn sie fristeten nun eh ein Gnadendasein. Nur einen der Mehlsäcke habe ich noch, ein Überbleibsel, noch von Mamas Hand umsäumt, und wenn es die Teigschüssel bedeckt, so gibt sie dem Teig ihren Segen.

Anderthalb Stunden gehe ich mit dem Wort um,

während mein Teig sich warm und ruhig von innen her ausdehnt. Ich bemühe mich, den langen, kalten und einsamen Weg zu überwinden, der zwischen dem Gedachten und dem Niedergeschriebenen liegt. Ich will den Lauf der Gefühle, den Fluß der Assoziationen. Ich will den Bogen. Das lebendige Bild will ich, die Brücke zum Sein. Eindringen in das Geheimnis, ohne es zu verletzen. Und um alles die Aura. So zwingend soll der Keim der Gedanken den Lauf des Erzählten bestimmen, wie der Pilz das Wachstum, wenn mein Teig aufgeht. Ruhig, sage ich mir, mußt du liegen, ruhig und warm, und deinen Raum ausfüllen von innen her.

In vier gleiche Teile teilen, so steht es im Rezept. Das ist doch ein Witz: diese Klebemasse? Schneidest du in sie ein, behält sie höchstens für Sekunden den Eindruck des Messers, bevor sie sich wiedervereinigt. Ich laß mich nicht einschüchtern, bemehle die Hände und fahre hinein. Eine Faust voll, nach Gutdünken ein Viertel, hole ich heraus und klopf den Teig mit äußerst leichtem Schlag, ja streichelnd und schmeichelnd, bis er eine flache Scheibe ergibt. Nun gilt es, diese bereits wieder lebendig sich aufblasende Scheibe in acht gleich große Segmente zu teilen. Früher habe ich versucht, ein Messer durchzuziehen. Nicht mehr. Ein Messer bleibt kleben und zieht den Teig mit. Nein, ich drücke den bemehlten Spatel einige Male in den Teig, bis er sich beidseitig der Trennlinie von alleine zurückzieht. Die Segmente sind nun fügsam, da sie so gehätschelt worden sind, und ich kann sie zu acht Hörnchen aufrollen.

Weitere drei Viertel der Klebemasse warten auf mich und wollen genauso geliebt werden. Wenn die Hörnchen fertig sind, habe ich erst die Vor-Vorspeise, denke ich, und schaue auf die Uhr. Es ist erst elf. Viel Zeit: noch neun Stunden. Ich schenke mir einen Sherry ein, lese die Rezepte noch einmal durch. Es wird ein schönes Essen. Ganz leise im Hinterkopf meldet sich die kleine Stimme, die mich erinnert, daß ich neuerdings manchmal ganz schön in Bedrängnis geraten bin, obwohl ich sicher war, alles wie immer spielend schaffen zu können. Gegen Ende kommt, was eine Freundin, die sehr gut kocht, den »Moment des absoluten Wahnsinns« nennt, wenn alles gleichzeitig getan werden muß. Ich verbanne die kleine Stimme. Soll ich mich schon jetzt aus der Ruhe bringen lassen?

Mama hat selten Rezepte benutzt, obwohl sie sie ausschnitt, kopierte und sammelte. Es war eine Paradoxie ähnlich der meinen zwischen Abnehmen und Gut-Essen. Wenn es dann wirklich ans Kochen ging, kochte sie halt nach Lust, nach Herzenslust. Ich dagegen brauche mindestens »Gourmet«, »Betty Crocker«, »The Jewish Cookery« und Ada Bonis »Il Talismano della Felicitá«. Für mein Sechs-Gänge-Menu habe ich die Rezepte aus meinem Computer-Verzeichnis zusammengesucht. Die Datei enthält nicht die Rezepte selbst, sie ist nur eine nach persönlichem Bedarf zusammengestellte Stichwort-Liste. Unter »Rind« oder »Lamm« kann ich suchen, aber ebensogut unter »Eiweiß«, falls ich eine eigelbträchtige Süßspeise machen will, bei der viel

Eiweiß überbleibt. Unter »Eiweiß: 6« finde ich dann einen »Lady Baltimore Kuchen«, der 6 Eiweiß braucht. Verzeichnet ist nur der Titel des Rezeptes, das Rezeptbuch, in dem es steht, und die Seite.

Das Buch kommt altmodischerweise mit in die Küche, nicht etwa ein Monitor mit Rezepten vom Bildschirm, obwohl ich zugeben muß, daß Computer-Möglichkeiten mich faszinieren. Ich kann mir durchaus vorstellen, voll computerisiert zu kochen, Speisepläne und entsprechende Einkaufslisten gleich für Wochen im voraus zusammenzustellen, sie dem jeweiligen Kalendertag zuzuordnen, zwischen den Menus vergangener Abendessen mit Gästen hin und her zu schalten, um festzustellen, was ich beim letzten Mal serviert habe, und mich nicht zu wiederholen. Ich könnte Querverbindungen programmieren, so daß beim Namen eines Freundes gleich dessen Lieblingsspeisen oder Abneigungen erscheinen würden: Myra trinkt keinen Weißwein; Herbert ißt keinen Fisch; Jutta mag Innereien –

Ach nein. Warum soll ich das honorieren? Tolerieren? Perpetuieren? Es sind Einbildungen. Es sind Fixierungen, die das Leben begrenzen. Ich soll doch eher helfen, unsere Freunde von ihren selbst angelegten Essensfesseln zu befreien. Wie schade, niemals von den edlen weißen Weinen zu trinken! Sich für immer den Genuß eines feinherben Seezungenfilets zu versagen!

Nein, ich werde weder Vorlieben noch Abneigungen festschreiben. Ich werde sie vergessen. Wahrscheinlich komme ich eh nie in diesem Leben dazu, eine Küchendatei zu konzipieren, geschweige denn zu programmieren. Ein durch Computer-Erfahrung weiser gewordener Mensch hat einmal festgestellt: Mit dem Computer geht alles schneller, es dauert nur länger.

Also werde ich altmodisch bleiben und meine Kochpläne nebst Einkaufslisten mit der Hand schreiben. Auch so kann ich, wenn ich lustig bin, gleich für eine Woche oder zwei vorplanen. Nicht, daß ich unflexibel wäre. Je nachdem, was es auf dem Markt gibt, schmeiß ich die ganze Planung wieder um. Nein, um ehrlich zu sein, nicht die ganze Planung. Manchmal habe ich mir etwas in den Kopf gesetzt und fahre entsetzlich lange, staubehinderte und am Ende womöglich frustrierende Wege, um es aufzutreiben. Zucchini-Blüten zum Beispiel. Ich denke, ich würde mit der zukünftigen Magnetbahn nach Hamburg und zurück fahren, wenn man mir sagte, ich könne dort Zucchini-Blüten bekommen. Morgens müßte ich hin, nachmittags zurück und am liebsten am gleichen Abend kochen, denn Zucchini-Blüten halten sich nicht lange. Allmählich wird das alles zuviel. Das merke ich. Ich weiß aber jetzt erst, wie man gefüllte Zucchini-Blüten zubereitet. Sie sind eine Zierde und dazu noch ein Hochgenuß. Natürlich machen mit einer Ricotta Farce gefüllte Zucchini-Blüten dick, vor allem, wenn ich sie als Ameuse Gueule vor der Vorspeise serviere. Heute abend wird es als Hors d'œuvre nur einen autoerotischen Champignon geben, einen einzigen für jeden.

Natürlich war Tatte ärgerlich, wenn er wieder einmal abends nach getaner Arbeit in seinem tiefen Sessel am Radio eingenickt war und beim Aufwachen Mama nicht still und geduldig an seiner Seite vorfand, sondern hören mußte, wie sie in der Küche vor-furwerkte. Vielleicht schmeckte sie gerade den Rote-Beete-Borschtsch ab, den sie am liebsten zwei oder drei Tage durchziehen ließ. Oder sie kochte sämtliche Knochen, die sie von entbeinten Geflügel- und schieren Fleisch-Gerichten aufgehoben hatte, zu einer ihrer unvergleichlichen Brühen ein, die sie mit den Schalen jener sechzehn Eier klärte, welche in den Kuchen kamen, den »spongecake«, für den sie in der Familie berühmt war. In dem Moment, als Tatte wach wurde, schob sie ihn vielleicht sanft in den Ofen. Es war wie Ehebruch. Sie hatte wieder einmal einen seiner schwachen Momente ausgenutzt, um zu entwischen und hinter seinem Rücken ihrer geliebten Küche zu frönen. Um so schlimmer, war er doch nur deshalb so müde, daß er im Sessel einschlief, weil er für sie und die Familie schuftete. Auf der anderen Seite konnte er Mama schlecht dafür tadeln, daß sie – ebenfalls für ihn und die Familie – abends vorkochte. Gerade wollte er sie in seiner Hilflosigkeit zumindest dafür schelten, daß sie nicht einmal Eierschalen wegwerfen konnte, schon kam sie ihm hochalarmiert entgegen, fing ihn gerade noch an der Küchentür ab und schob ihn mit der in ihren dünnen Armen für Gefahrsituationen latent gelagerten Adrenalin-Kraft aus der Küche hinaus. »Der Kuchen!« zischte sie, als könne sogar ein in normaler Lautstärke gesprochenes Wort den Kuchen zum Einfallen bringen, geschweige denn sein unbesonnenes Betreten desselben Fußbodens, auf dem der Backofen stand.

»You can't win.« In diesen Augenblicken hob Tatte die Schultern fast bis zu den Ohren, drehte die Handflächen gen Himmel und sagte: »You can't win.«

Gewinnen konnte er nur mittwochs, denn am Mittwoch schloß Tatte dem Laden bereits um ein Uhr nachmittags, und daß er das tun durfte, war, wie so vieles, was in seinem Leben gut war, ein Geschenk von Onkel Max, dem legendenumwobenen, von Tragik gezeichneten Onkel Max, der gar nicht Tattes, sondern vielmehr Mamas Großonkel war, ein hagerer, distinguierter Mann mit dunklem Haar und Schnurrbart, immer adrett, agil und tatbereit, informiert, redegewandt, dennoch bescheiden von der Art und zurückgenommen vom Stil, ein Anführer wider Willen, dem man weder seine jüdische noch seine europäische Herkunft ansah, ja anhörte, hatte er sich doch selbst ein gepflegtes, fast britisches Englisch in den langen Nächten seiner ersten Jahre in Amerika beigebracht.

Onkel Max war es, der Tatte aus dem ungeliebten Fischladen seines Bruders in New York heraus und nach Atlanta holte. Onkel Max sah zu, daß Tatte Mitglied im Jüdischen-Arbeiter-Ring wurde, einem nationalen Verein, dessen Atlanta-Club eben derselbe Onkel Max ins Leben gerufen hatte. Der Arbeiter-Ring wiederum, seiner Satzung getreu,

Existenzgründungen zu fördern, lieh Tatte zinslos das Geld, um das Lebensmittelgeschäft mit darüberliegender Wohnung zu mieten und einzurichten.

Onkel Max, weitsichtig, linksunternehmerisch und nimmermüde, gründete noch einen anderen Verband, *The Atlanta Retail Food Dealers' Association (ARFDA)*, eine Interessengemeinschaft der jüdischen Lebensmittelhändler Atlantas zwecks günstigeren Einkaufs durch Übergehung des Zwischenhandels. Ich sage: jüdische Händler. Ich denke nicht, daß er Nicht-Juden ausdrücklich aus seinen Vereinen ausschloß. Er war ein liberaler Mann. Aber die Trennlinien der Glaubensgemeinschaften waren zu jener Zeit so selbstverständlich wie die Trennlinien zwischen den Rassen. Man brauchte sie nicht festzuschreiben.

Onkel Max hat mich immer beeindruckt. Ich hörte gern zu, wenn er sonntags abends bei uns am Tisch saß und Tatte und Onkel Izzie und Onkel Irving erklärte, warum es gerade in einem demokratischen Land notwendig sei, sich zu organisieren. Ich setzte mich zu den Männern, wenn er sprach. Seine Worte waren gewählt und sachkundig, seine Art populistisch, ohne demagogisch zu sein. Er überzeugte. Man hatte das Gefühl, er stehe mit seinem ganzen Herzen hinter jedem Wort, und doch wirkte er kühl, überlegen und besonnen.

Ich hätte, statt mich unter die Männer zu mischen, eigentlich in der Küche helfen müssen, wo Mama und Tante Gussie und Tante Rosie das Abendessen vorbereiteten. Sonntags abends, wenn die ganze Familie sich versammelte, wurde nicht gekocht. Es gab »Delikatessen«: pfeffrige Pastrami, gepökelte Rinderbrust, Salami mit viel Knoblauch, koschere Knackwurst aus dem jüdischen Delikatessenladen. Dazu Mamas marinierte rote Paprikaschoten und eingelegte Gurken, mit Essig und Dill durchzogene gelbe Zucchini-Viertel, eingekochte Mohrrüben-»Zimmes«. Marinieren, Einlegen, Einkochen, alte Aufbewahrungsmethoden vor der Ära der Kühlschränke. Zeitraubend, gewiß, also auch vor der Ära mitverdienender oder alleinerziehender Mütter. Diese Künste, nach und nach verlieren wir sie. Man müßte um ihre Erhaltung kämpfen wie um die Erhaltung der vom Aussterben bedrohten Tiere. Wenn mein Onkel Max noch lebte, würde er einen Verband zur Rettung der Lebensmittel-Aufbewahrungskünste gründen. Da müßte er sich allerdings auch für den Bau von Kellern einsetzen, die einst Gurken- und Sauerkohlfässer, Äpfel auf Strohbetten, Rüben in Erdhaufen, Grobleinensäcke voller Nüsse, kistenweise Kartoffeln, Regale, prallgefüllt mit Gläsern von Eingemachtem mitsamt all den Düften, die diesen guten Sachen entströmen, enthielten. Onkel Max würde sich für die Wiedereinführung der Keller einsetzen. Er würde es mit jenem Blick aus seinen tiefen, braunen Augen tun, der klug und etwas leidend war, als wisse er um die letztliche Aussichtslosigkeit, die hohen Ziele zu erreichen, die er sich setzte. Die er sich und der Menschheit setzte. Für die er mit seinen Verbänden und Vereinigungen kämpfte.

Ich denke, er war ein einsamer Mann. Tante Tobele, seine Frau, konnte wie viele jüdische Frauen ihrer Generation aus der alten Welt nicht lesen und schreiben. Sie war zwar eine feine, eine vornehme Erscheinung, das silbrige Haar streng zurückgekämmt zu einem Nacken-Dutt, aber kein Gesprächspartner für ihn, kein Gedankenpartner. Sie hatte keinen Anteil an seiner geistigen Welt. Für Tatte und meine Onkel war er ein bewundernswerter Mann. Sie sahen zu ihm auf. Seine Verbandsmitglieder führte er an. Aber mit wem konnte er je Gedanken austauschen, über Gelesenes räsonieren?

Beispielsweise über die Traktate seines großen Vorbilds, des Sozialistenführers Eugene Victor Debs, der um die Jahrhundertwende wirkte, als es galt, die elementarsten Lebensbedingungen der Fabrikarbeiter gegen die rabiate, zu nackter Gewalt greifende Besitzerklasse zu erkämpfen. Nun gut, mein Onkel Max hat nicht, wie Debs drei Mal, für die amerikanische Präsidentschaft kandidiert. Aber er hat den ersten Interessenverbund der jüdischen Lebensmittelhändler Atlantas ins Leben gerufen, wie Debs den ersten Verbund der Eisenbahn-Heizer, aus dem die mächtige Gewerkschaft der Eisenbahner der Vereinigten Staaten hervorging, Debs' Lebenswerk. Onkel Max' Vereinigung war ebenso sozialistisch geprägt, obwohl sie Arbeitgeber und nicht Arbeitnehmer vertrat. Sie setzte sich für bessere Lebensbedingungen ein, für faire Praktiken, für die Bildung ihrer Mitglieder. Es gab eine kleine Zeitschrift nach der Art von Debs' Magazin der Eisenbahn-Heizer. Es gab die jüdische Schule für Kinder wie mich, die Herkunft, Tradition und Glauben weitertragen sollten. Nur ins Gefängnis gehen, wie Debs etliche Male, wollte Onkel Max nicht.

Als Amerika Ende 1941 in den zweiten Weltkrieg eintrat, begann man Ausländer zu internieren, von denen angenommen werden konnte, daß sie Sympathie, vielleicht Loyalität gegenüber den neuen Feinden der Vereinigten Staaten empfanden. Der Internierungs-Erlaß war schwammig formuliert und die Vorgehensweise von Willkür geprägt. Obwohl zunächst Japaner, Italiener und Deutsche betroffen waren, vornehmlich die, die die amerikanische Staatsbürgerschaft nicht erlangt hatten, konnte man auch als Österreicher, Holländer oder Pole Angst haben, selbst wenn man längst Staatsbürger geworden war.

Für Onkel Max fing eine Zeit des Fürchtens an, denn er war zwar aus Polen eingewandert, aber über Deutschland, wo er lange auf sein Affidavit warten mußte, sich unerlaubt aufgehalten und illegal gearbeitet hatte. Er war dem amerikanischen Establishment, selbst dem jüdischen, mit seinen linken Ideen unbequem, hatte sich unter den Männern mit Einfluß, die im Zwischenhandel ihr Geld verdienten, Feinde gemacht. Noch gravierender war die Tatsache, daß er niemals die amerikanische Staatsbürgerschaft beantragt, aber jahrzehntelang so gehandelt hatte, als hätte er sie erlangt. Als Ausländer hätte er seine Vereine nicht gründen, nicht eintragen können, sein Grundstück nicht kaufen, sein Haus nicht bauen, für den jüdischen Schullehrer nicht bürgen können, der aus Deutschland kam.

Ich werde den Morgen nie vergessen, an dem wir erfuhren, daß Onkel Max sich erschossen hatte. Tatte versuchte mit all seiner Kraft, meine kleine Mama, die gellend schrie, wie wild den Kopf, die Arme warf, festzuhalten. Vergeblich. Sie riß sich den Kittel und die Bluse ein, stieß lange, herzerweichende Klagerufe aus, rang dazwischen wie ein Ertrinkender krächzend nach Luft. Nein, niemals kann ich ihre Schreie vergessen.

Viele Jahre hindurch hat Mama behauptet, es wären Einbrecher gewesen. Nicht er, nicht Onkel Max. Gestohlen worden war gar nichts. Es gab kein Anzeichen gewaltsamen Einbruchs. Die Pistole gehörte ihm selbst und war noch in seiner Hand. All das machte auf Mama nicht den geringsten Eindruck. Ein Onkel Max nimmt sich nicht das Leben.

Ich weiß nicht. Vielleicht bin ich wie Mama. Ich habe nicht eine Minute an die angeblichen Selbstmorde in Stammheim geglaubt. Für mich hat sich Marilyn Monroe nicht selbst umgebracht. Daß einzelne Verrückte und nicht der Geheimdienst Martin Luther King oder John F. Kennedy ermordet hat, glaube ich ebenfalls nicht. Moro und Palme haben der Geheimbund Gladio auf dem Gewissen und nicht irgendwelche gewöhnlichen Kriminelle. Das sind meine Überzeugungen. Basta.

Jedenfalls hat Onkel Max kraft eines Beschlusses des Lebensmittelhändlervereins allen, auch Tatte, Mama und ihren drei Töchtern, den arbeitsfreien

Mittwochnachmittag geschenkt. Er sollte das Leben der Lebensmittelhändler bereichern, indem er ihnen die Möglichkeit gab, mit ihren Familien einkaufen zu gehen, denn an den Sonntagen, die ebenfalls frei waren, konnte man damals noch nicht einkaufen. Georgia war ein streng von der baptistischen Kirche beherrschter Staat. Wir hatten »Blue Laws«, die besagten, daß man sonntags in die Kirche zu gehen habe und daß die Geschäfte also Ruhe haben und Ruhe geben müssen. Heute ist das anders. Heute kann man immer und überall einkaufen. Um Einkaufen – shopping – dreht sich die Welt, und nichts ist mehr heilig, auch der heilige Sonntag in Georgia nicht. Die Kirche hat gerade noch den Morgen gerettet, denn laut Gesetz dürfen die großen Shopping-Centers sonntags erst um zwölf Uhr, wenn die Kirche zu Ende ist, aufmachen und die Bars und Lebensmittelläden erst ab dann alkoholische Getränke verkaufen. Die Kassiererin sortiert die Weinflaschen, die man in den Einkaufswagen getan hat, mit der trockenen Bemerkung aus, sie halte sich an das Gesetz des Staates Georgia, und läßt den schönen kalifornischen Wein, den man gerade zum Mittagessen trinken wollte, unterm Kassentisch verschwinden.

Heute machen nicht einmal jüdische Lebensmittelhändler am Mittwoch nachmittag zu. Die Konkurrenz ist zu groß, die Zeiten zu hart geworden. Aber als ich ein Kind war, nahm Tatte mittwochs fünf Minuten nach eins sein Bad, zog ein frisches Hemd an und ging mit Mama, Helen, Lilly und mir in die Stadt. Wir durften uns in den Kaufhäusern umsehen, während er sich rasieren ließ. Das leistete er sich. Mr. Wilson, ein Kunde, der downtown im Healey Building als livrierter Türsteher arbeitete, wartete bereits auf ihn, nahm ihm das Jakkett ab und bürstete es aus, bevor er es in die Garderobe des Barbiersalons hängte. Wir Frauen sahen durch das Schaufenster zu, wie Tatte sich in den großen Ledersessel hineinbegab, sich langsam zurücklehnte und sich mit einem dankbaren Lächeln das dampfende Handtuch umlegen ließ. Man konnte fast durchs Fenster hindurch sein genüßliches Aufstöhnen hören. Dann rannten wir los zu Davison's oder Rich's, Kaufhäuser im alten Stil vor dem Siegeszug der Malls. Rich's ist inzwischen eingegangen und Davison's ist vom Macy's Konzern einverleibt worden. Aber die gigantischen Kronleuchter, hundertfach mit Prismen behangen, verleihen einem dort heute noch das Gefühl von Reichtum und Überfluß. Die Gänge sind breit, die Ladentische einladend belegt. Kein Gedränge, kein Grapschen. Und die Verkäuferinnen lächeln.

Sie lächeln wirklich. Sie setzen nicht, wie Europäer meist meinen, das Lächeln auf. Natürlich werden sie angehalten, freundlich zu sein. Europas Verkäuferinnen werden ebenfalls angehalten, freundlich zu sein. Das nehme ich an. Das nehme ich doch a priori als gebürtige Amerikanerin an. Mir ist ein Lehrgang für Verkaufspersonal nicht vorstellbar, der die Höflichkeit, die Freundlichkeit dem Kunden gegenüber nicht thematisieren würde. Wenn das Personal aber gerade mal schlecht gelaunt ist – vielleicht hat eine zu Hause Zoff, die andere hat vergessen, Kaffee einzukaufen, vielleicht ist der Fahrstuhl kaput und sie wohnt im zwölften Stock, oder es ist minus 12 Grad, und das Auto sprang nicht an – wir haben alle Probleme –, nur scheint man es hierzulande wenn nicht für schizophren, dann zumindest für verlogen zu halten, wenn es einem mies geht, *so zu tun*, als wäre man gut gelaunt, und zu lächeln. Lieber bringt man sein Privatleben mit ins Geschäft und verdirbt da jedem ebenfalls die Laune.

Jenes blitzsüße amerikanische Lächeln zum obligaten »Have a good day« ist echt. So echt, als wäre es durch die Haut nach innen gesickert. Nur für Nicht-Amerikaner sieht es verchromt aus. Die Verkäuferin möchte aus ganzem Herzen ihrem Kunden etwas verkaufen. Darum ist sie ihm freundlich gesonnen, tritt ihm höflich gegenüber und nimmt sich für ihn Zeit. Sie freut sich, wenn sie bei ihm *ankommt*. Das ist ein Erfolgserlebnis und steigert ihr Selbstwertgefühl. Bei Häufung auch ihr Gehalt. Außerdem wirkt die freundliche Haltung von außen nach innen zurück. Sie verbreitet eine gute Stimmung und zeitigt eine entsprechende Reaktion. Der Kunde lächelt auch. Ferner die Kollegen, die ebenfalls ihre Ehe- oder sonstigen Kräche zu Hause gelassen und nicht mitgebracht haben. Alle profitieren von guter Laune am Arbeitsplatz. Es geht aber nicht nur um Profit. Es geht um das seelische Gleichgewicht, denn im Gegensatz zur Auslegung des Lächelns als Maske, und also als Zeichen der

Verlogenheit, ist die tatsächliche Wirkung heilend. Es setzt andere Relationen. Man gewinnt zu sich und seinem Ärger Distanz. Vielleicht kann man nach einer Stunde seinen Mann bei der Arbeit anrufen und sagen: »Darling, ich war im Unrecht, es tut mir leid.«

Ich vermisse es hier, das gebe ich zu. Ein wenig saloppe Lässigkeit im täglichen Leben täte uns allen gut. Eine Spur Nonchalance. Mal ein Lächeln. Mal ein Lob. »Das hast du gut gemacht.« Nur mal so.

Mein Gott, wie ich das vermisse.

»Lazy Wednesday« so nannten wir Schwestern den Mittwochnachmittag. Während Tatte sich entspannt beim Barbier verwöhnen ließ, mußten wir mit Mama zunächst, bevor wir durch die breiten Gänge der großen, alten Kaufhäuser einfach hindurchschlendern und uns von einer Abteilung zur anderen treiben lassen konnten, die Sachen zurückbringen, die sich zu Hause als nicht ganz das entpuppt hatten, was wir wollten. Nicht umtauschen: zurückbringen. Man bekommt keinen Umtauschschein, sondern ein Storno der Rechnung oder das Geld zurück. Keine Erklärungen muß man abgeben, warum man den Artikel nicht haben will, es sei denn, man möchte ganz von selbst auf einen Fehler an der Ware hinweisen. Ansonsten wird nach einem Grund für die Rückgabe nicht gefragt. Man braucht also keine kleinen Lügen zu erfinden. Kein Zettel muß von irgendeinem – gewöhnlich nicht aufzufindenen – Abteilungsleiter unterschrieben, abgestempelt oder gegengezeichnet werden. Man spaziert ins

Geschäft, geht dorthin, wo man die Sache gekauft hat, stellt sich an der Kasse an. »Das möchte ich zurückgeben«, sagt man, und reicht der Kassiererin den Kassenbon. Sie lächelt.

Noch einfacher: Es ist nicht einmal notwendig, dasselbe Geschäft aufzusuchen, in dem man gekauft hat, sondern nur das gleiche: Eine Filiale in einem ganz anderen Einkaufs-Mall beispielsweise, wo man gerade zu tun hat. Schließlich haben die großen Handelsketten eine Filiale in fast jedem Stadtteil. So problemlos einmal Erstandenes zurückgeben zu können und wieder zu seinem Geld zu kommen ist natürlich sehr bequem. Ein solcher für die Vereinigten Staaten selbstverständlicher Dienst am Kunden fördert den spontanen Kauf, da man zu ihm nicht stehen muß. Der Handel rechnet damit, daß man dies oder jenes dann doch behält. Die Rechnung geht auf.

Nun will ich aber nicht verschweigen, daß dieser Rückgabe-Service seltsame, zuweilen ärgerliche Blüten treibt. Frauen, die keine Zeit haben, wie meine Schwester Lilly – sie hat vier Kinder, eine Mutter, eine Schwiegermutter, einen Full-Time-Job, einen Haushalt und dazu noch einen Mann –, suchen sich schnell sechs Blusen und drei Röcke von der Stange aus, probieren sie erst zu Hause an und bringen, was überbleibt (meistens alles), irgendwann zurück. Die Folge ist, daß man nie einfach losfährt ohne etliche Tüten Zurückzubringendes im Kofferraum. Für gewöhnlich kommen die Tüten sofort nach der Anprobe in den Kofferraum und werden tage- und wochenlang mit herumgefahren. Jedesmal, wenn man den Wagen an einem oder dem anderen Mall-Parkplatz abstellt, macht man zuerst den Kofferraum auf, untersucht die Tüten und sortiert das aus, was man gerade da, wo man ist, zurückbringen könnte. Man schleppt sich erstmal ab, geht beträchtlich lange Mall-Wege, um in die entsprechenden Geschäfte zu gelangen. Zu den eigenen falschen Käufen hat man noch die von der Freundin und deren Tante mit. In Amerika ist man freundlich und hilfsbereit. Jeder tut seinem Nächsten den Gefallen, sein Zeug mit zurückzugeben, wenn er es mittels Kreditkarte bezahlt hat. Dann erhält man einen Stornonachweis und hat mit Barem kein Problem. Wenn ich endlich alle Rückgebsel los bin, bin ich so erschöpft, daß ich bei »Ruby Tuesday« an der Bar einen Whisky Sour trinken muß, egal zu welcher Tageszeit. Dann besteht die leicht beschwingte Gefahr, Dinge zu kaufen, die ich zurückbringen muß.

Andererseits bin ich von diesem Service gelegentlich ganz entzückt. Bei »Victoria's Secret« habe ich für ein Seiden-Nachthemd, das ich ein Jahr lang besaß und entsprechend benutzt hatte, dessen Farbe aber übers Jahr unverhältnismäßig verblaßt war, bei meinem nächsten USA-Besuch anstandslos ein nagelneues bekommen. »Mark Shale« kann ich auch empfehlen. Ein teures Kostüm, das meine Mutter mir dort kaufte, wurde zwei Wochen danach herabgesetzt. Ich war bereits wieder in Berlin. Das Geschäft sandte meiner Mutter unaufgefordert per

Post einen Scheck für die Differenz zwischen dem Kaufpreis und dem Ausverkaufpreis. »Wir wissen«, stand in dem Begleitschreiben, »daß es ärgerlich ist, wenn man gerade einen wertvollen Artikel gekauft hat, zu entdecken, daß er nun im Ausverkauf viel preiswerter ist.« Diese Kulanz hat mich nicht daran gehindert, das Kostüm, über das ich mich nur geärgert hatte, im folgenden Jahr zurückzubringen. »Wasserflecke«, beschwerte ich mich der Geschäftsführerin gegenüber: »Große, dunkle Wasserflecke, die mit schönen, welligen, weißen Rändern trocknen. Wehe, ich habe das Kostüm an und komme zufällig in den Regen! Dann sehe ich aus wie ein Apfelschimmel. Stellen Sie sich vor, ich gehe mit VIPs vornehm essen, will mir auf der Damentoilette die Hände waschen, und der Wasserhahn spritzt! Ist das peinlich! Dieses Kostüm hier ist öfter in der Reinigung als in meinem Kleiderschrank. Wissen Sie, was das kostet? Und schauen Sie sich diese – o so sorgfältig handgearbeiteten – Paspelknopflöcher an. Ein Jahr, und schon wegen der Reinigungskosten selten getragen, und die Knopflöcher sind bereits bis zur Fadenscheinigkeit abgerieben. Nein, das ist keine Qualität. Der Preis ist nicht gerechtfertigt. Auch der herabgesetzte Preis ist nicht gerechtfertigt. Am liebsten würde ich das Kostüm zurückgeben. Ich habe daran keine Freude gehabt.«

Es gab kein Wort des Widerspruchs. Im Gegenteil, die Geschäftsführerin bedauerte, daß ich eine so schlechte Erfahrung machen mußte. Sie wolle sich an den Hersteller wenden, sagte sie. Ich durfte mir selbstverständlich ein anderes Kostüm aussuchen. Kostenlos wurde der neue Rock von der Schneiderin des Hauses geändert. Als äußerst zufriedene Kundin verließ ich in meinem neuen Kostüm das Geschäft, flanierte durch die Mall-Gänge und spiegelte mich in den Schaufenstern. »Mark Shale«. Da ließe ich mir am liebsten jedes Jahr von Mama etwas kaufen. Bitte weiterempfehlen.

Wenn ich solche Rückgaben vorhabe, weigert sich Tony, mich zu begleiten. Ihm ist das alles peinlich. »Nach einem ganzen Jahr!« sagt er entrüstet. Ich halte dagegen, daß es für mich eine Selbstverständlichkeit ist, für gutes Geld gute Ware zu erhalten.

»Warum soll ich das nicht auch nach einem Jahr verlangen?« frage ich und mag mich sogleich selbst nicht, denn dann klinge ich wie Tante Rosie, deren Umtriebe mit dem Zurückgeben mir höchst peinlich waren. Diese kleindickliche, dauergewellte Frau mit etwas konvexen Beinen und etwas breitflacher Nase pflegte sich zu den herbstlichen hohen Feiertagen der Juden, Yom Kippur und Rosch Haschonnah, von Kopf bis Fuß neu einzukleiden. Freilich wollte sie den feineren Damen zugerechnet werden, die niemals an den hohen Feiertagen das gleiche Kleid zwei Jahre hintereinander in die Synagoge getragen hätten. Von ihrem Vermögen her hätte Tante Rosie auch zu ihnen gehören können, und eine ganze Zeitlang dachte ich, sie gönne sich viel mehr als ihre Schwester, meine Mama, und schaute scheel auf die Kostbarkeit und Güte ihrer Garderobe. Es waren stets Ensembles, die sie trug:

Deux-Pièces und Mantel oder ein Kostüm aus englischem Tuch mit seitlich angebrachtem Schal, die Seidenbluse passend zum Futterstoff und Pumps, die extra hierfür hergestellt worden waren. Es fehlte nie ein Aufmerksamkeit erregender Hut oder die passende Handtasche. Eine ausgesuchte Ansammlung Halsketten und Ohrringe besaß sie scheinbar, denn ich konnte mich nicht erinnern, die, die sie grade trug, schon einmal gesehen zu haben. In meinem Neid wünschte ich ihr, daß sie sich unter all dem Prunk in der Synagoge totschwitzen würde.

Wir alle kauften uns neue Herbstkleidung – wenn auch nicht so teure wie Tante Rosie – für den Synagogengang der hohen Feiertage, aber es war in Atlanta gerade im August oder September, an den »Hundstagen«, in denen diese beweglichen Festtage fielen, meistens so heiß, daß wir einfach unser bestes Sommerkleid anzogen und es gut sein ließen. Nicht so Tante Rosie. Sie schwitzte nicht in der Synagoge. Sie saß nicht in der Synagoge. Sie stolzierte vor dem Gotteshaus sehr langsam auf und ab und sagte jedem, der ihr begegnete »Sholem alechem« oder »Git Yontiv« mit dem ungespielten Aplomb einer Grandedame. Wenn auch etwas konvex vom Gang und platsch von der Nase, machte Tante Rosie in ihrem Staat immer großen Eindruck, und ich würde wetten, daß sie manch einen Ehestreit auslöste zwischen den sie neidisch beäugenden, nur fast so gut angezogenen Gemeindedamen und deren ständig investierenden und expandierenden, äußerst finanzgestreßten Gatten.

Damals wußte ich nicht, was ich jetzt weiß, daß Tante Rosie nämlich am allernächsten einkaufsoffenen Tage jedes Stück, das sie in die Synagoge getragen hatte, vom Straußenfederhut über den mit Kunstgold beschlagenen Gürtel bis hin zu den echten Reptilienlederschuhen, zurückgab und das so wiedergewonnene Bargeld geradewegs in die Bank auf ihr Konto schaffte. Gewiß hatte es sporadisch kleine Anzeichen gegeben, die mich hätten auf die Spur bringen können. Zum Beispiel entging mir die bittersüß verschmitze Grimasse nicht, die Tatte einmal zog, als er Tante Rosie auf dem Trottoir vor der Synagoge »Git Yontiv« wünschte, sie von oben bis unten musterte und sie fragte, ob nicht diese neuen Schuhe ihr genauso weh taten wie jene vom vergangenen Yontiv, die sie deshalb gleich zurückbringen mußte. Ich war zwar abgelenkt, denn mir ging in dem Moment die Tatsache auf, daß das jiddische *Git Yontiv* doppeltgemoppelt ist, beinhaltet doch das hebräische *Yom tov*, von dem es sich herleitet, bereits den guten (*tov*) Tag (*Yom*), der gewünscht wird. Meine Gedanken kreisen um die spezifisch das Jiddische kennzeichnende Art, alltägliche Umgangsformeln zu erhöhen, den *Yom tov* allmählich in die Bedeutung *Feiertag* zu erheben; denn, ist ein Tag gut, dann ist er bestimmt ein Feiertag, Arbeitstage sind nicht gut, womit *Git Yontiv* wiederum keine Reduplikation wäre, sondern soviel wie *Einen guten Feiertag*. Im übrigen geht mir jetzt, während ich schreibe, die Duplikation im dudendeutschen *Reduplikation* auf. Was die Ablenkung durch die Sprache angeht, habe ich mich seit meiner Kindheit wohl kaum verändert.

Trotz der immer bereiten Nebengedanken um die mir so lieben Eigenarten des jiddischen Volksmundes entging mir nicht der sarkastische Tonfall, mit dem Tatte Tante Rosie damals ansprach, schon deshalb nicht, weil ich einen solchen Tonfall bei ihm sehr selten gehört hatte. Tatte war kein Freund des Spottes. Er war ein Menschenfreund, der sich hinter auch den scheinbar törichtesten menschlichen Taten einen menschlichen Grund vorstellen konnte. Oft schüttelte er den lockigen Kopf über die schiere Komik ernstgemeinter menschlicher Handlungsweisen. Er hob die Schultern und drehte die Handflächen nach oben in der Geste, die »nebbich« sagt: »Mir sennen mir alle nebbich nur Menschen.« Böse wurde er, wenn Menschen unmenschlich waren, und seine Kriterien für Menschlichkeit und Unmenschlichkeit waren so simpel und streng wie die vom weisen Rabbiner Hillel, dessen Antwort auf die provokative Herausforderung eines Ungläubigen Tatte so oft zitierte: »Wenn du so weise bist«, hatte jener Häretiker, die Zunge in der Backe, dem alten Rabbiner Hillel entgegengebracht, »dann beantworte mir, während du auf einem Bein stehst, die Frage: Was ist das heilige Gesetz?« Tatte schmunzelte, als wäre er selbst der so Befragte, stellte sich auf ein Bein, sah alle, die ihm zuhörten, so verschmitzt an, als würde er ihnen jetzt ein weltbewegendes Geheimnis eröffnen. Es störte ihn weder, daß sie alle die Geschichte zum wiederholten Male aus seinem Mund hörten, noch daß sie alle deren Ausgang, wie jedes Kind, ohnehin kannten. Tatte zitierte ohne erhobenem Zeigefinger, ja ohne jede Überheblichkeit, aber dennoch ernst und beinahe feierlich den alten Rabbiner Hillel: »Tue keinem anderen etwas an, was du selbst nicht durch seine Hand erleiden willst. Das ist das Gesetz. Alles andere ist Kommentar.« Und wenn Onkel Irving oder Onkel Izzie oder Onkel Benny abwinkten: »Wie oft willst du uns noch diesen Unsinn erzählen? Zu was ist so eine Weisheit nutze? Man muß leben, jeden täglichen Tag leben, oder nicht? Und ist das Leben nicht Kampf, das tägliche Leben? Und muß man nicht jeden Tag, jeden Tag, den Gott, Rebboinoi schel Oilem, uns gibt, genau das dem anderen antun, was man eben nicht will, daß es einem selbst passiert? Muß man es nicht gerade deshalb tun, DAMIT es einem selbst nicht passiert? Also, was redest du da?«

»Ich werde es so oft wiederholen, wie ihr es nicht begriffen habt«, sagte Tatte.

Das sagte er traurig. Sarkasmus aber war ihm fremd. Er benutzte ihn höchstens in bezug auf bigotte Handelsvertreter, die versucht hatten, ihn zu übervorteilen. »Ich wette, du gehst jeden Sonntag in die Kirche«, konnte er zu ihnen in dem Tonfall und mit der Grimasse sagen, die er nun für Tante Rosies Yontiv-Schuhe brauchte.

Auf Tattes Frage hin fragte Tante Rosie nur zurück: »Soll ich in Schuhen gehen, die mir die Füße weh tun?«

Hinter die volle Wahrheit von Tante Rosies Festtagskleidung kam ich erst, als Mama auf sie ärgerlich wurde. Richtig ärgerlich. Meine Mama, die ihrer Schwester jede Missetat verzieh! Ihr verziehen hatte, daß sie den schönen Ring über die Reling hinab ins Wasser fallen ließ, den ein trauriger junger Mann Mama beim Abschied geschenkt hatte, als sie an Bord des Auswanderer-Schiffes nach Amerika ging. Ihr verzieh, wenn sie zu spät zu einer Verabredung kam, zu spät oder gar nicht, und Mama und ich so lange an der Straßenbahn Haltestelle downtown gestanden und gewartet hatten, daß uns der Kopf dröhnte und die Beine weh taten. Als diese kleine Mama, die ihrer Schwester gegenüber sonst duldsam bis zur Selbstaufopferung war, einmal ziemlich aufgebracht die Stimme gegen Tante Rosie erhob, erschrak ich. Der Anlaß war eine Lappalie, im Vergleich zu Tante Rosies sonstigen menschenmißachtenden Gewohnheiten. Es ging um Parfum. Es ging um eine neue weiße Seidenbluse, die Mama besonders gefiel und die Tante Rosie am ersten Tag Rosch Haschonah zur Synagoge trug.

Nun, Mamas Verhalten in bezug auf weiße Blusen allgemein und weiße Seidenblusen insbesondere ist nicht immer logisch nachvollziehbar. Weiße Blusen scheinen für sie Symbolwert zu haben, weiße Seidenblusen Statussymbolwert. Sie sucht eine weiße Bluse. Seit meiner Kindheit sucht sie. Keine Mittwoch-Nachmittag-Shopping-Tour ohne die Durchstöberung der Blusen-Abteilung eines jeden Geschäfts auf der Suche nach einer weißen Bluse für

Mama. Sie findet für sich keine weiße Bluse. Wenn sie den Ausschnitt mag, sind die Ärmel zu voll, zu eng oder zu kurz. Ist die Knopfleiste ansprechend, ist die Stickerei geckig. Baumwolle will sie nicht, weil man sie bügeln muß. In Kunststoff schwitzt man, wenn man nicht gegen gerade diesen besonderen allergisch ist. Seide ist zu teuer. Drei Freundinnen, die es wohl leid hatten, über Jahre bei jedem gemeinsamen Einkaufsbummel mit meiner Mama nach einer weißen Bluse zu wühlen, überredeten sie schließlich mit erheblichem Nachdruck zum Kauf eines Exemplares, das den richtigen Kragen, passende Ärmel und vorbildliche Knöpfe aufwies, das weder zu klein noch zu groß, sondern lediglich – weil aus Seide – zu teuer war. Sie solle sich schlußendlich auch eine teurere Bluse gönnen, wenn sie ihr passe und auch noch schön sei. Sie sehe aus wie eine Million Dollar in der Bluse! Sie sei bald achtzig Jahre alt. Für wen oder was sie noch spare?!

Wie eine Million Dollar, das war es ja, wollte meine kleine Mama nicht aussehen. Zu Leuten, die wie eine Million Dollar aussehen, gehörte sie nicht. Nein, sie fühle sich unter solchen Menschen nicht wohl, die *wie* eine Million Dollar aussehen. So brummte Mama vor sich hin, als sie zu Hause die Bluse für mich anprobierte. Sie war genötigt worden, sie zu kaufen. Dem Druck dreier gleichzeitig auf sie einackernden Hennen war sie nicht gewachsen gewesen.

»Mama, ›wie eine Million Dollar‹ ist nur eine Redewendung«, versuchte ich, sie zu beschwichtigen.

»Deine Freundinnen meinen, die Bluse steht dir außerordentlich gut.«

»Redewendung ahin un aher«, fuhr mich Mama an in der unwirschen Art, mit der sie die Bemühungen von Menschen mit Schulwissen zurückweist, jenes Wissen, das sie aus dem Leben gewonnen hat, kleinzumachen: »Far wos soll nit a ›Redewendung‹ ehmes sein?« wollte sie wissen: Gerade in einer Redewendung liege die Wahrheit, denn sie würde nicht etwa von irgendwelchen Intellektuellen ausgedacht, sondern stammte direkt von dem her, was wirkliche Menschen erlebten. »Un ich«, endete sie, »ich will nicht aussehen ›wie‹.«

Früher habe ich mich auf Diskurse der leicht philosophischen Art mit Mama eingelassen. Es endete fast immer im Streit. Wenn beide Beteiligten Minderwertigkeitskomplexe haben – die eine wegen zu wenig, die andere wegen zu viel Schulbildung –, sollten sie nicht miteinander philosophische Thesen zu klären versuchen. Das mußte ich lernen. Ich überging dieses Mal die fällige Analyse des Wahrheitsgehalts von Redewendungen und sagte nur: »Deine Freundinnen haben dir gut geraten. Die Bluse ist genau das, was du so lange suchst. Außerdem ist sie nicht einmal überteuert. Warum willst du sie zurückgeben?«

»Far wos soll ich asa teiere Bluskele trugen?«

»Warum hast du sie gekauft?«

» Far wos reden die Froien asoi lang, ich soll koifen, bis sie mir fardrehen a Kopp?«

(Es gibt Menschen, die behaupten, Juden beantworten eine Frage immer mit einer Frage. Ich glaube ihnen. Warum soll ich ihnen nicht glauben?)

Übrigens gibt es einen erstaunlichen und erfreulichen Nebeneffekt des Verzichtes auf leichtphilosophische Streitereien der Art, die Tony immer Stammtisch-Angeberei nennt, weil keiner der Beteiligten Genaues über das Thema weiß: Weil ich mich nicht auf ein leeres Wortgefecht eingelassen habe, muß ich mir nicht hinterher weitere Argumente ausdenken, um eine vermeintliche Position zu verteidigen, sondern kann ganz still für mich überlegen, was mein Gegenüber wohl gemeint haben mag. Manchmal komme ich sogar darauf.

Mama gab die weiße Seidenbluse zurück. Mit den drei Damen ist sie nie wieder einkaufen gegangen. Inzwischen haben wir bei meinen jährlichen Besuchen etliche weiße Blusen gekauft und zurückgebracht. Letztes Jahr traten Mama und ich strahlend aus einer Mall-Boutique und verkündeten Tony froh, der nicht mit hineingegangen war, sondern lieber auf einer Bank davor auf uns gewartet und dabei seiner Passanten-Schaulust gefrönt hatte, wir hätten eine weiße Bluse für Mama gefunden, und zwar nicht EINE weiße Bluse, sondern DIE weiße Bluse.

»Habt ihr sie gekauft?« fragte Tony.

»Aber, ja!« sagten wir fast unisono.

Er überlegte. Er zog den verschmitzt schiefen Mund, der mich immer an Tatte erinnert, und sagte leise: »Wollt ihr die nicht gleich zurückgeben? Da sparen wir uns einen Weg.«

Wie Tante Rosie ist Mama nicht. Das möchte ich

betonen. Mama überlegt sich, was sie kauft. Sie probiert im Geschäft an und nicht erst zu Hause. Sie wägt Qualität und Preis ab, wobei die Dumping-Preise im harten amerikanischen Herabsetzungskonkurrenzkampf zum Teil so niedrig sind, daß nicht nur Mama die Qualität der Ware – gelegentlich auch den Sitz des Kleidungsstücks – außer acht läßt. Für das Geld kann man nichts falsch machen, selbst wenn man ändern lassen muß. Bei zwei Paar Hosen für $ 9.00 ist Mama auch gegen den Kunststoff nicht allergisch und wartet Monate lang schön geduldig, bis ich sie besuche, damit ich Knöpfe versetzen, Taillengummilitze kürzen, am Po einnähen und Beine kürzen kann.

Was sie an jenem Yontiv bei Tante Rosie erzürnte, war das Parfum. Ein billiges Parfum und übermäßig viel davon. »Asa scheene Bluskele«, sagte Mama. »Asa teiere Bluskele! Di wirst sie awade zirickgeben. Alles gibst di zirick. Gleich morgen gibst di alles zirick. Un die ganze Bluskele wird stinken nach asa Cologne! Far wos nimmst di asoi viel vin asa Cologne, as di gibst zirick die Bluskele?«

»Far wos soll ich nicht nehmen keen Parfum?« fragte Tante Rosie zurück. »Far wos soll die Bluskele nicht stinken wie Parfum? Is es besser, sie stinkt wie Schweeß?«

Wie weit ich wohl mit meinen sechs Gängen bin?

Ich schaue nicht auf die Uhr, spüre Unruhe, eine ungute Unruhe. Es gibt kreative Unruhe. Diese aber wird eher hemmend sein. Sie ist nervös, unsicher, imstande, mir die Freude am Kochen zu verderben.

Ich trete aus der Küche in den Raum, den zwei Zimmer einer Altberliner Wohnung bieten, wenn man sie nur spärlich den Wänden entlang bestückt, die Mitte freiläßt und die zwei Flügel der großen Schiebetür öffnet. Ich falte die Hände über dem Bauch, placiere die Füße schulterbreit auseinander, nehme durch die Fußsohlen Kontakt zum Boden auf, lasse die Schultern locker hängen, richte meine Körperachse gerade zum höchsten Punkt des Kopfes auf, der wie an einer unsichtbaren Schnur vom Dach der Welt, vom Himmel abhängt. Ich schließe die Augen, sammele mich. Dann beginne ich mit den langsamen, gehaltenen Bewegungen der drei Formen des Tai Chi Chuan. Am Anfang schieben sich noch Gedanken an die bevorstehenden Arbeiten störend dazwischen, Ängste, daß ich vergessen habe, etwas einzukaufen, oder vergessen könnte, etwas rechtzeitig zu tun. Nach und nach wendet sich die Aufmerksamkeit allein dem zu, was der Körper ausführt, der Stellung der Füße, der Haltung der Hände, der Öffnung der Knie, den Ellenbogen, die weich und rund den Raum und alles und alle, die in ihm sind, umarmen, während es in jedem Moment möglich ist, sich zu verteidigen, sollte ein Feind angreifen. Bereits die nächste Bewegung der Arme kann ihn überraschen und bezwingen. Denn man steht. Weich zwar, gelassen und offen, aber schulterbreit fest zwischen Himmel und Erde.

Geläutert, gestärkt, innerlich ruhig – soll ich jetzt

in die Küche gehen? Sollte ich mich nicht lieber an den Schreibtisch setzen und arbeiten? Wenigstens eine Seite schreiben. Eine Seite pro Tag gibt dreihundertsechsundfünfzig Seiten im Jahr ...

Entscheide dich, sage ich mir, während ich bereits unterwegs zur Küche bin. Bestand aufnehmen: die Salatsauce ist bis auf das Öl angerührt; vierundzwanzig Ivy's Butterhorn Rolls liegen in hübschen Hörnchen goldgebräunt auf dem Gitter, die Vorstufe der Nachspeise wird bereits seit gestern abend im Kühlschrank fest, die Kartoffeln ruhen in ihrem Kochwasser – ach, der Cocktail zur Begrüßung! Mal sehen, der Speiseplan sagt, er befindet sich im »Gourmet« vom August 89 auf Seite 93: »Singapore Sling«. Gin, Kirschlikör und Zitronensaft kommen gleich in den Cocktailmixer. Gut schließen. Kaltstellen. Einen größeren Kühlschrank müßte man haben. Im Winter kann ich manches auf den Balkon stellen. Nun ist aber Sommer. Hin und her schieben. Das nach oben. Jenes nach unten. Ist das nervig! Und es dauert zu lange. An den Schreibtisch zu gehen, kann ich vergessen. Ich muß doch den Fisch vorbereiten, verdammt! Er soll marinieren!

Lachsfilet mit Pfefferkruste: »Gourmet«, Juni 92, Seite 144. Von »Filet« kann natürlich keine Rede sein, da es immer noch Gräten gibt. Ärgerlich genug, noch ärgerlicher die irreführende, die eigentlich verlogene Bezeichnung. Haarspalterei? Pedantisch, wer sich darüber aufregt? Dann bekenne ich mich eben dazu, die Sache, wie klein auch immer, beim Namen nennen zu wollen, und wenn ich auch kein altehrwürdiges Sprichwort je gefunden habe, das mich bestätigen würde, halte ich die ganz kleinliche Ehrlichkeit für eine ganz große Hilfe, mich zurechtzufinden in diesem Leben. Ich bin leider gutgläubig, und ich will nicht glauben, ich habe Fischfilet gekauft, wenn ich nachher in zeitraubender Weise penibelst die übergebliebenen Gräten entfernen muß.

Ob die Entscheidung für Pfeffer anstatt für eine Guacamole-Sauce zum Lachs die richtige war? Für das Auge ist Lachsrot mit dem Avocado-Grün einer Guacamole-Sauce mehr. Aber ich bleibe trotzdem beim Pfeffer, um die Kolorienbombe Avocado zu vermeiden. Allein der Lachs ist bereits reichhaltig genug. Außerdem will ich soweit wie möglich bereits am Vormittag vorarbeiten, und es ist ein Risiko, pürierte Avocado stundenlang stehenzulassen. Sie kann sich trotz der Zugabe von Zitronen- oder (viel aparter) Limonensaft bräunlich verfärben. Also zerstoße ich schwarze Pfefferkörner im thailändischen Steinmörser grob und, weil ich gerade Lust habe, dazu ein paar grüne und etliche weiße, manchmal auch rote, obwohl das albern ist, und drücke die Mischung zu beiden Seiten fest ins leicht gesalzene Fischfleisch, daß es ganz und gar bedeckt ist. Keine Angst vor der Schärfe von Pfeffer. Nur würzig ist der Geschmack. Frei nach Laune kann man die Pfeffermischung mit fein gehackten Zwiebeln, Knoblauch, etwas Cayenne, Paprika und Thymian zu einer Paste verarbeiten, bevor man den Fisch damit beglückt. Heute nehme ich nur Pfeffer, denke ich. In den folgenden Gängen sind allerhand Zwiebeln und Knoblauch vertreten, und außerdem kann ich das, was überbleibt, besser verwerten, wenn nur Pfeffer dran ist. In einer Farce für die Tomaten im Gemüsefach vielleicht, die wirklich bald verbraucht werden müssen.

Gut mit Klarfolie umwickelt, kommen die gepfefferten Lachsfilets in den Kühlschrank, wo sie bis unmittelbar vor dem Servieren auch bleiben. Sie werden *au point* in Butter gebraten, will heißen: so kurz, daß sie grade gar sind. Die Butter brutzelt noch nach dem Herausnehmen dunkelbraun und wird darüber gegeben. Zum Schluß noch etwas Salz. Ivy's Butterhorn Rolls müssen dann noch auf dem Tisch stehen. Sie passen, weil sie ein ganz klein wenig süß sind, perfekt zum pfefferscharfen Lachs. Ah: der Weißwein. Ich habe ihn noch nicht kaltgestellt, fällt mir ein.

Meistens stelle ich doch den Weißwein gleich am Morgen kalt. Ich weiß nicht, was mit mir neuerdings los ist. »Vergeßlich, unkonzentriert!« schelte ich mich laut. Ich schüttele den Kopf, denke an den Gefielte Fisch, den Mama ruiniert hatte, als sie nach der falschen Flasche in der Speisekammer griff und erst beim Eingießen der Flüssigkeit in die durchgedrehte, bereits mit Matzoh-Mehl und Eiern versehene Fischmasse am Geruch bemerkt hat, daß sie nicht Öl, sondern Lysol da hineingoß.

Sie hat geweint. Sie weinte und ließ sich von niemandem trösten. Meine Schwester Helen, die Gute, nahm Mama ganz still und mitfühlend in die Arme und streichelte sie. Mama schluchzte ob des Mitleids nur noch heftiger. Ich log, ich möge sowieso keinen Gefielte Fisch. Sie reagierte nicht. Tatte wartete mit seinem oft wiederholten und nie widerlegten Spruch auf: »Wer weeß, zi wos dos git is?« Vielleicht sei der Fisch eh schon verdorben gewesen, und Mama hätte uns alle vor einer Fischvergiftung gerettet. Hierauf hörte Mama so lange zu weinen auf, wie sie brauchte, um ihm verärgert: »Ah, geh!« zuzurufen. Er ging. Ruth, die resolute Schwarze, die damals im Haushalt half, versuchte es mit dem schlichten Sarkasmus, der ihr eigentümlich war: »Well«, sagte sie breit, »seems to me, the Lander's family gotta go hungry today. Nothin' to eat and no money to buy it with. Mrs. Lander's done ruined the fish!«

Ich wußte damals wirklich nicht, warum Mama weinte. Sie ist alles andere als eine wehleidige Frau. Sie ist stark. Zäh. Wenn man sie heute – sie ist über neunzig Jahre alt – fragt, wie es ihr geht, sagt sie: »I'm going on with my life the best I can«, und das tut sie tapfer, sie macht, so gut sie kann, weiter. Sie macht Gefielte Fisch für ihre Kinder und deren Kinder und deren Kindeskinder. Arbeit scheut sie nicht. Auch damals weinte sie nicht über die umsonst und über viele Stunden getane Arbeit. Immerhin war sie extra zum Fischmarkt gefahren, um den frischesten Fisch auszusuchen, hatte ihn selbst enthauptet, ausgenommen, geschuppt, filetiert, in Salz gelegt, durch den Wolf gedreht, gewürzt und mit den Händen gut mit Ei und Matzoh-Mehl vermengt. Es war das Schuldgefühl, das ihr den Kummer bereitete. Heute kann ich das nachempfinden. Sie hatte die Verantwortung, sie fühlte die Verantwortung, sie trug die Verantwortung. Sie hatte den Fisch verdorben. Das tat ihr weh. »Der scheene Fisch!« sagte sie immer wieder, »der scheene Fisch!« und weinte. »Ich bin asa Schlamasel«, schalt sie sich: »A Kind orime Leit, welche see hoben nebbich nicht zi essen gehat, un ich werf aweg asa Essen, asa Fisch, asa scheene.«

Die Pellkartoffeln für »Creamed Potatoes Bettle«: »Gourmet«, Sept. 89, Seite 34, wie lange stehen sie bereits, frage ich mich, wieder einmal abgelenkt durch meinen schmerzlichen Widerspruch: reichlich reichhaltig sind »Creamed Potatoes Bettle«, aber keine andere Art »Quetschkartoffel« schmeckt so gut. Ich weiß, wie gut sie schmecken, ich brauche sie doch nicht zu essen! Ich kann sie einfach servieren, nicht wahr? Damit die Gäste schwärmen. Inzwischen machen sie sich zwar darüber lustig, daß ich Kohlehydrate vermeide, aber das macht mir nichts. »Kein Brot, keine Kartoffeln, kein Reis, keine Nudeln für Jeannette«, sagen sie wie eine Litanei bei Tisch auf. Dabei esse ich Brot! Ich backe auch Brot! Es ist also gar nicht wahr. Nur denke ich nach der Lektüre meiner inzwischen ziemlich angewachsenen Bibliothek der Diät-Anleitungen, daß es ratsam ist, Brot nur morgens zum Frühstück zu essen und nicht grade als Beilage mit einem Sechs-Gänge-Menu.

Morgens esse ich sogar Brotpudding, wenn ich genügend Überbleibsel der selbstgebackenen Brote in den vergangenen Wochen aufgehoben habe. Ivy's Butterhorn Rolls, Mohnzopf und Challah, salzig oder süß gewürztes, mit Nüssen oder Rosinen gespicktes, schwedisches und türkisches Brot. Alle Reste weichen ein Weile in der heißen Milch, bekommen Zucker und Eier beigemischt, Butterflocken drübergestreut, bisweilen auch Zimtzucker, und fügen sich im Backofen langsam, langsam zu einem jedes Mal anders schmeckenden Pudding zusammen. »Pamelach«, würde Mama sagen, sie, die man immer nur eilen sieht, die man ohne Unterlaß, geschwind eine Arbeit nach der anderen ausführend erlebt, diese kleine, flinke Mama, die sich kaum hingesetzt hat, um wieder aufzuspringen, predigt stets Bedachtsamkeit, Sorgfalt, Geduld: »Pamelach«, langsam, mit kleiner Flamme gelingt der Pudding am besten. »Nicht asoi schnell: pamelach, pamelach oif a kleenschicke Licht.«

Es war an jenem Abend spät geworden, als Mama den Fisch verdarb. Den ganzen Tag über versuchte Tatte vergebens, sie von ihrem Gram abzulenken. Er erzählte ihr wieder die komischen Begebenheiten aus der alten Heimat, die sie schon viele Male gehört hatte und die alle mit Tewe-der-Milchmann-artigen, armen, polnischen Juden zu tun hatten, um ihr damit zu sagen, sie sei nicht die erste und nicht die einzige, die aus Versehen etwas vermasselt hätte. Aber erst, als er darauf kam, über seine eigene Jugend zu reden und über Zamość, das schöne Kleinstädtchen, in dem er geboren wurde und in dessen Nähe er aufgewachsen war, konnte er sie ein wenig von ihrem Kummer abbringen. Auch Mama hatte Zamość gekannt. Das Städtchen Zamość war in schicksalhafter Weise dafür verantwortlich, daß sich Mama und Tatte überhaupt kennenlernten, und zwar nicht in Zamość, sondern viele Jahre später in New York.

Das kam durch Tante Rosie.

Verschlungen sind die Geschichten, die das Leben schreibt. Selbst wenn man sie als Kind immer wieder gehört hat, findet man manche Nahtstellen nicht. Es fehlen Übergänge. Man hat das Gefühl, daß immer wieder das gleiche erzählt wurde und immer wieder das gleiche weggelassen wurde.

Als die Mutter von Mama und Tante Rosie starb, und sie starb jung, zog ihre jüngere Schwester zum verwitweten Vater und den drei nunmehr halbwaisen Töchterchen Molly, Rosie und Anna ins Haus. Das war die Mieme Hinde. Ich denke, sie war darüber nicht sehr glücklich. Ich denke, sie liebte weder den Schwager noch dessen Töchter Molly, Rosie und Anna, denn sie war nicht gut zu ihnen. Ihr Schicksal, so jung auf ein von ihr selbst bestimmtes Ehe- und Familienleben verzichten zu müssen, um die Hinterbliebenen ihrer Schwester zu betreuen, beruhte auf Usus und Brauch. Sie nahm es auf sich, wie viele unverheiratete Schwestern verstorbener Mütter in jener Zeit in der alten Welt. Wer sollte sonst die kleinen Kinder versorgen? Natürlich heiratete sie bald darauf den Schwager. Eine unbescholtene junge Frau lebte nicht einfach so mit einem Mann unter einem Dach. Als sie dann aber schwanger wurde, gab sie eine der Nichten ab. Und das war Tante Rosie. Nach Zamość zu der reichen Mieme Leah kam Tante Rosie. Das große Los. Sie wurde verwöhnt, frech, aufmüpfig. Sie trug hübsche Kleidchen und durfte zur Schule gehen. Es war die Zeit des lukrativen Webwarenhandels, und die schöne Stadt Zamość im Südosten Polens nahe bei Lublin, in der neben Tatte und Mieme Leah auch Rosa Luxemburg geboren wurde, profitierte davon und florierte.

Zweimal habe ich Zamość besucht, die Stadt, die im 16. Jahrhundert ein gelehrter und kultivierter Graf des Stammes Zamoyski nach eigenen Plänen anlegen und mit einer fünftorigen Stadtmauer in der Form eines Sterns umfrieden ließ. Sie sollte eine Stätte der freien Entfaltung des Geistes sein, wie sie die vornehmsten Denker der Renaissance der Menschheit wünschten. Für eine jede Konfession ließ Graf Zamoyski – in humanitärer und liberaler Gesinnung war er seiner und auch unserer Zeit weit voraus – ein eigenes Gebetshaus errichten. Er gründete eine Universität, an die er namhafte Gelehrte berief, und bestellte Baumeister der italienischen Renaissance, um Rathaus und Markt im authentischen Stil zu erbauen. All dies wurde 1982 zur 400-Jahr-Feier der Stadtgründung sorgfältig, liebevoll und mit Sachverstand restauriert: der von Arkadenhäusern umgebene Marktplatz, das zierliche, zwiebelbetürmte Rathaus mit seiner zweigeteilten hochgeschwungenen Eingangstreppe. Und auch die stämmige, zinnenbedachte Synagoge mit der üppigen Wandmalerei, in die sieben Jahrzehnte zuvor die reiche Bäckersfrau Mieme Leah jeden Samstag das kleine Mädchen führte, die meine Tante Rosie wurde.

Unter jener Rathaustreppe ist heute ein Café, das die junge Studentenschaft von Zamość mit ihren Stimmen füllt, aber damals war dort das Gefängnis, in das sie Tante Rosie dreizehnjährig warfen, als Strafe dafür, daß sie einen Gendarmen anzeigen wollte, den sie mit eigenen Augen in der Bäckerstube Mieme Leahs ein Süßstück stehlen sah. Auch mein Tatte saß da ein, ein dummer Viehhalterssohn vom Lande aus Bruwer nahe bei Zamość, der im Begriff war, mittels einer Lehre zum Schneidergesellen zu werden, als man ihn zum Militärdienst zwingen wollte. Um nicht eingezogen zu werden, fälschte er das Geburtsdatum in seinem Ausweis. Ganz einfach. Aus 1901 machte er 1907. Leider hätte er, so erzählte er immer, obgleich schmal und schmächtig, »schoin Hoor im Ponim« gehabt, und so nahm man dem Sechzehnjährigen mit dem beginnenden Bartwuchs das zehnjährige Kind nicht ab und lochte ihn wegen Urkundenfälschung ein. Vielleicht war aus diesem Erlebnis heraus das jiddische Lied, das er manchmal sang oder summte, sein liebstes:

Ich bin geween a kleene Jot,
Nicht gewollt hochen die Mammen.
Jetzt sitz ich do im Kriminal
Un kick arois oif die Jammen.
Abi nur nicht ganvenen,
Nur nemmen un nur chappen.

Ich bin geween a kleene Jot,
Nicht gewollt hochen dem Tatten.
Jetzt sitz ich do im Kriminal
Un kick arois durch die Graten.
Abi nur nicht ganvenen,
Nur nemmen un nur chappen.

Wiedergeben könnte man die Strophen etwa: Ich war ein kleiner Rotzbub, der auf die Mutter nicht hören wollte. Jetzt sitze ich im Gefängnis und schaue hinaus auf die Meere. Ich war ein kleiner Rotzbub, der auf den Vater nicht hören wollte. Jetzt sitze ich im Gefängnis und schaue hinaus durch die Gitter.

Am besten gefiel mir immer der Refrain, in dem es heißt: Wenn man nur nicht stiehlt, darf man nehmen und grapschen.

Wann und wie Tatte aus dem Gefängnis kam, weiß ich nicht genau. Das gehört zu den weggelassenen Details der erzählten Lebensgeschichten. Später staunt man darüber, wieviel man vom wirklichen Leben der Eltern nicht weiß. Oft ist es zu spät, um zu fragen. Und wenn man noch fragen kann, bekommt man unbefriedigende Auskünfte, Antworten, die weitere Fragen aufwerfen oder die sich bei näherer Betrachtung als unglaubwürdig erweisen. Langsam geht es einem auf, daß an diesen Details nicht gerüttelt werden soll. Mit der Zeit vergißt man, daß man von den Eltern noch Näheres wissen wollte, und erinnert sich erst, wenn die eigenen Kinder Fragen zum eigenen Leben stellen.

Feststeht, daß Tatte weder legal aus dem Gefängnis entlassen noch eingezogen wurde. Und das während des ersten Weltkrieges, als in Polen Wehrpflicht herrschte. Er entkam. Er versteckte sich. Er schlug sich auf den Schleichwegen der nicht wenigen jüdischen Jungen durch, die sich weigerten, in einer Armee zu dienen, die sie in ihren Praktiken für antisemitisch hielten. Man bewegte sich bei Nacht. Es gab Kontaktpersonen, Adressen von Mund zu Mund, auch organisierte Hilfe für Geld und Papiere, vor allem für das Affidavit, das ebenso schwer zu bekommen wie unerläßlich war, wollte man – und das wollten alle – nach Amerika auswandern.

Ja, das Affidavit, das besagt, jemand kommt für einen auf. Einer unter den Glücklichen, die im versprochenen Land schon leben, wo Milch und Honig fließt, nimmt es auf sich, für einen, den er vielleicht gar nicht kennt, zu unterschreiben: diesen unterstütze ich; er fällt dem Staat nicht zu Last; er darf kommen. Einer, der es geschafft hat, der wohnt, der Arbeit hat, zieht den anderen zu sich, nimmt ihn an der Hand in jener zähen Kette der Glücksuchenden, die sich in abenteuerliche Unsicherheit stürzen, um das zu erlangen, was sie für Sicherheit halten.

Für Tatte war es Mieme Leah, und nur, weil er aus Zamość war. Da ist einer aus Zamość. Wollen Sie für ihn bürgen? So kam er nach Amerika. Sie kannte ihn ja? Sie kannte ihn nicht? Man kannte sich in Zamość, wenn man Jude war.

Und wen sah Tatte da, als er die Familie aufsuchte, um sich zu bedanken? Na, Mama! Denn nicht nur Tante Rosie war mit ausgewandert. Alle waren da. Der alte Vater, der immer nur herumtinkerte, dieses und jenes Stück Möbel billig zimmerte oder reparierte und ansonsten zum Beten ging oder mit den anderen alten Juden in irgendeiner Kaschemme Pinocchle spielte. Und Mieme Hinde, deren Bitterkeit über ihr Los die Mundwinkel derart herunterzog, daß sie, egal ob sie lachte, heulte oder schalt, den gleichen Ausdruck im Gesicht hatte. Tante Molly war da, Tante Ida und Onkel Harry, die inzwischen Hinzugeborenen. (Erst in Amerika gebar Mieme Hinde ihr letztes Kind, meine geliebte Tante Pearl, die sich also rühmen kann, die einzige wirkliche Amerikanerin unter den Geschwistern zu sein. Von Tante Pearl wird, hoffe ich, noch die Rede sein, denn sie ist ein Phänomen. Unglaublich. Ich hoffe, ich verzettele mich nicht so sehr, daß ich zu Tante Pearl nicht zurückkomme. Das wäre schade.) UND meine Mama war da.

»War es Liebe auf den ersten Blick?« frage ich Mama.

»Wos is dos? Asoi epes is gor nicht verhannen: erschte Blick un gleich Liebe. Dein Tatte is gween a lange, dinne Bocher mit Pickel im Ponim un nicht a Penny in die Taschenes. Un ich bin gween a dicke jinge Mädel mit Cholimen im Kopp.«

»War es Liebe auf den ersten Blick?« frage ich Tatte.

»Jo«, sagt er.

Ich denke, aus Mamas »Cholimen« (Träumen) ist doch etwas geworden. Und sie sagt, die Pickel in

Tattes Gesicht verschwanden über Nacht, als sie nach fünf langen Verlobungsjahren – in denen sie darauf warteten, daß Tante Rosie als erste einen Mann findet und sich trauen ließ, weil sie die ältere war und für Mama die Sache nur so ihre Ordnung hatte – endlich heirateten. Übrigens, bevor Tante Rosie einen Mann fand. Dann nämlich, als Tatte sagte, er warte nicht länger. Langmutig genug war er ja gewesen. Vielleicht hatte er damals schon gemerkt, daß man auf Tante Rosie immer warten muß. Das ist auch heute so. Sie kommt aus besserem Hause.

Die Pellkartoffeln für »Creamed Potatoes Bettle« sollen nur eine Viertelstunde leicht köcheln. Dafür müssen sie mindestens sechs und bis zu zwölf Stunden in ihrem Kochwasser liegen. Ich weiß nicht warum. So steht es im Rezept, und das ist gut. Man muß nicht im »Moment des Wahnsinns« auch noch die Kartoffeln schnell abgießen. Man hat im Gegenteil das beruhigende Gefühl, mit diesen Kartoffeln nichts falsch machen zu können. Sind sie sechs Stunden im Wasser gewesen, kann man sie herausnehmen oder so lange noch lassen, bis man gerade Zeit für sie hat. Ganz in Ruhe pelle ich sie ab und beginne, sie in kleine Würfel zu schneiden, eine Arbeit, bei der ich stets an Tony denke. Es wäre schöner, wenn er sie machen würde: Er kann präzis gleichmäßige Würfel herstellen, die in ihrem Topf über einem leicht sprudelnden Wasserbad die mit Salz, Pfeffer und Muskatnuß gewürzte Schlagsahne, in der sie nunmehr liegen, innerhalb einer Stunde wunderbar aufnehmen, so daß sie jeweils ein eingedickt sahniges Mäntelchen umgibt, das sich erst im Munde mit ihnen vereint.

Wenn ich daran denke, daß meine Schwester Helen wegen eines uralten alttestamentarischen Verbotes, *Milchiges* mit *Fleeschigem* zu mischen, niemals in den Hochgenuß gekommen ist noch kommen wird, »Creamed Potatoes Bettle« zusammen mit der Sauce eines zarten Bratens zu kosten, dann könnte ich ganz melancholisch werden. Wer hätte das vermutet? Ich weiß noch, wie fröhlich sie sein konnte an den *Lazy Wednesdays*, wenn Tatte den Laden früh schloß und wir alle zusammen in die Stadt gingen. Wir Frauen holten Tatte beim Barbier im Healey Building wieder ab. Ein neuer Mensch: ausgeruht, frischgepflegt und rosigbackig. Ja, und bestens gelaunt. Jetzt konnten wir ihn getrost durch die Geschäfte schleifen, damit er die Sachen, die wir ausgesucht hatten, befürwortete – und bezahlte.

Sie hätte eine schöne Bluse gefunden, flötete meine Schwester Helen. Sie zwinkerte mit den Augen, schlug den Arm um Tattes Schultern und fügte in einem Tonfall hinzu, dem man nicht gleich anhörte, ob er scherzhaft oder ernst gemeint wäre: die Bluse sei billig, sie bezahle sie von ihrem gesparten Taschengeld selbst, wenn Tatte ihr ein dazu passendes Kostüm kaufe. Und als er lachend sagte, ja, er sehe ein, ohne Kostüm könne sie die Bluse nicht gebrauchen, drehte meine Schwester Helen da mitten auf dem Trottoir und in aller Öffentlichkeit eine heitere Tanzpirouette.

Allerdings nahm sie auch damals schon kein Fleisch, als wir nach dem Einkaufen essen gingen.

Gute Restaurants waren es nicht, schon gar nicht im Sinne von M. Montignac. Es waren durchschnittliche Restaurants, die Standardgerichte boten: zarte und saftige Steaks von 450 Gramm aufwärts, längliche, pralle, im Ofen gebackene Kartoffeln, die krosse Schale oben im Kreuz eingeschnitten, ein starkes, bereits schmelzendes Stück goldgelber Butter im Schlitz, »Succotash« aus Mais und dicken Bohnen oder die stundenlang in ihrer tief rotbraunen Tomaten- und Melasse-Sauce im Ofen geschmorten roten Bohnen, die man »Boston Baked Beans« nennt. »Hominy Grits«, eine Beilage aus geschrotetem Mais. Einige jener duftend heißen, butterweichen Brötchen, »Cloverleaf Rolls«, »Popovers«, »Sour-Milk-Muffins« oder »Baking-Powder-Biscuits«, die dicht aneinander geschmiegt unter einer Serviette im Korb steckten. Es gab »Candied Jams« zum Fleisch, jene von Natur süßen Kartoffeln, die mit Honig und Zitrone noch süßer glasiert werden. Bestellte man Lammkotelett, bekam man Minzmarmelade im Schälchen dazu. Und mit gebratenem Fisch immer »Tarter Sauce«, eine Mayonnaise, reich an Delikateßgurken-, Tomatenpaprika- und Zwiebel-Schnitzchen, die, weil sie süßsauer und salzig ist, den Geschmack vom frischen Fisch erst richtig herausbringt. Man wartete nicht lange auf einen Tisch. Es warteten nicht bereits andere, bevor man fertig war, wie heute manchmal. Man aß in Ruhe. Man hatte Zeit im alten Süden. Im alten Süden, wo die, die aßen, alle weiß waren, und die, die servierten, alle schwarz.

Als wäre es ein Ritual, bestellte Tatte Porterhouse Steak. »Is it good meat?« fragte er jedes Mal: Es müsse 1-A-Qualität-Fleisch sein, sonst kriege es der Koch gleich zurück. *Er* wisse, was gutes Fleisch sei; er verkaufe nämlich Fleisch. Das solle der Kellner dem Koch bestellen.

Derart eingeschüchtert war manch ein Kellner, daß er sofort in die Küche zurückrennen wollte, ohne die restlichen Bestellungen aufzunehmen. »Heh, boy!« rief ihm Tatte hinterher, »my wife wants some fish.«

»Is the fish fresh?« fragte Mama. Jedesmal. Sie wolle keinen Fisch, der im Tiefkühl gelegen habe.

Wenn der Fisch nicht frisch sei, kriege ihn der Koch gleich zurück, stimmte Tatte ein. *Er* wisse, was frischer Fisch sei; er habe jahrelang Fisch verkauft. Das solle der Kellner dem Koch bestellen.

(Als Tony mich noch nicht lange kannte, war er manchmal sehr irritiert über mein Auftreten in Restaurants, was die Bestellung anging. *Ich* wußte, wo das herkam.)

Letzten Endes prägen uns auch die vermeintlichen Belanglosigkeiten elterlichen Verhaltens. Jene wöchentlichen Restaurantbesuche am frühen Mittwochabend waren aufregende Ereignisse für uns Schwestern. Wir lernten unsere Eltern anders kennen: in der Öffentlichkeit. Es traten unbekannte Wesenszüge von der kleinen Mama und dem gemütlichen Tatte zutage. Wir reagierten unbewußt darauf: hellhörig, nacheiferfreudig, gefallsüchtig. Helen bestellte, damals noch Mama zuliebe, Fisch wie sie. Bald tat sie es aber sich selbst zuliebe, und es führte am Ende vielleicht sogar dazu, daß sie fromm wurde und einen Rabbiner heiraten mußte. Und Lilly? Lilly war, so dachten wir alle, zu klein, um eine ganze Portion aufzuessen. Sie bestellte nichts, sondern bekam von jedem ein Stückchen. Sie beschied sich. Vielleicht verneinte sie sich, lernte nicht, sich zu fragen, was sie wollte, sie selbst. Noch heute verlangt Lilly kaum einmal etwas für sich, nur für sich. An alle anderen denkt sie zuerst.

Ich dagegen tat es Tatte gleich und setzte noch eins drauf. Ich war schon, denke ich jetzt, recht unverschämt, ließ mir als einzige eine Vorspeise kommen: Shrimp Cocktail (himmlisch unkoscher), und empfand eine fast boshafte Genugtuung darin, wie sich Mama darüber ärgerte. »Wie kennsti aseleche Chaserei essen?!« schalt sie mich angewidert. Das war mein Stichwort, denn ich mochte es nur zu gern, andere auf ihre Widersprüche hinzuweisen. Die biblischen Gesetze zum Kaschrot boten dazu immer Gelegenheit, denn sie sind herrlich unlogisch. Ich setzte an: Warum Fisch zwar auch im Restaurant koscher, aber Shrimp – ebenfalls Fisch – selbst zu Hause nicht koscher sei? Mama, für die das Gesetz Gesetz ist, wandte sich nur ab. Nach dem Cocktail bekam ich eine dicke, saftige Roast Prime Rib of Beef, englisch, so kurz nur gebraten, daß die Mitte ziemlich strotzte vor Blut. Sogar Helen sah weg. Lilly wollte von meinem Teller nichts kosten. Tatte aber doch. *Er* hatte schließlich zu entscheiden, ob es gutes Fleisch sei.

Wir ließen uns Zeit. Tatte lockerte den Gürtel und aß noch einen Eisbecher. Sahne nach Fleisch! Unmittelbar und ohne zu warten. Nein, Mamas koschere Seele hatte im Restaurant keine Macht über Tatte und mich. Ich streute zu allem Überfluß noch kroßgebackene Schweinespeckbrösel über den Rohkostsalat aus jungem Spinat und hauchdünn geschnittenen Champignons, toppte ihn mit warmem Honig-Senf-Vinaigrette und knirschkaute genüßlich. Erst nach diesem Zwischengericht aß ich Nachtisch: Pie à la mode.

Gewissermaßen ein Nationalgericht, diese Kuchenart, die Amerikaner »pie« nennen und so aussprechen, als würde es »pei« geschrieben. Ich denke, das müßte man in Deutschland übernehmen. Warum übernimmt man von Amerika immer nur die schlechten Gewohnheiten, Fast Food beispielsweise, und nicht etwas Tolles wie Pie?

Grundelement ist der dünne Teig, ein Pâte Brisée, mit dem eine eigens für dieses Gericht bestimmte, flache, mit etwas nach außen geneigtem Rand versehene Backform ausgelegt wird. Gefüllt wird meistens mit eingekochtem, gesüßt und gebundenem Obst, ich bevorzuge Kirsch, aber amerikanischer ist Apfel. Man bedeckt diese Füllung mit einem dünn ausgerollten Blatt des gleichen Teigs, preßt unteren und oberen Teig um den Rand herum hübsch dekorativ zusammen und schneidet in einem Muster kleine Dampf-Öffnungen hinein. Die Kunst ist, die

Ofenhitze so zu dosieren, daß der untere Teig nicht glitschig, der obere nicht zu braun wird und die Füllung so eindickt, daß sie nicht beim Schneiden herausfließt. Pie à la mode heißt in diesem Fall nur, daß eine Kugel Vanille-Eis den Kuchen krönt.

Es gibt Pie mit Schokoladen-, mit Zitronencrem-Füllung, mit Eierschecken-Füllung, Nuß-Füllung ... Statt des Teiges kann man Kekskrumen oder ausgebackene Baiser-Masse nehmen. Mama wandelte nach unendlichem Belieben ab, belegte den Backformboden mit gesüßten Brotkrumen oder mit übergebliebenem, trockengewordenem Kuchen jeder Sorte, in passende Stücke geschnitten, manchmal mit ein wenig Likör benäßt. Sie machte eine Füllung aus dem, was im Laden an Obst am Faulen war, ob Pfirsiche, Äpfel oder Pflaumen. Keine Kombination war ihr unvorstellbar. Ich kann mich an einen Pie erinnern, für den sie einen selbstgebackenen Kuchen, den sie in ihrem Perfektionismus für nicht gelungen hielt, zur unteren Schicht anstatt des Teiges erkor. Sie nahm ein wenig Amaretto zum Begießen, belegte mit Bananenscheiben, worauf sie Pampelmusen- und Mandarinenschnitzel schichtete, um das Obst, das Tatte tags drauf hätte wegwerfen müssen, für den guten Gaumen zu retten. Nun stand sie einen Moment regungslos vor ihrem begonnenen Werk und kostete es wohl im Geiste, bevor sie aus der nicht mehr ganz frischen Kaffee-Sahne, Zucker und Ei eine leichte Creme kochte, mit der sie alles bedeckte. Als oberste Schicht zerbröselte sie etliche Makronen und schob die Kreation für eine halbe Stunde in den Ofen. Ihr Pie war superb, aber Mama selbst aß wenig davon. Süßes mochte sie nicht so sehr. Mittwochs im Restaurant bestellte sie nie ein Dessert.

Ging es ans Bezahlen, zwinkerte mir Tatte zu, bevor er seine herrschste Miene aufsetzte und dem Kellner – zumeist ein ganz junger Schwarzer – angsterregend streng in die Augen sah. Dieser legte ihm die Rechnung vor und wartete verunsichert, während Tatte sie eingehend, Posten für Posten, prüfte und mit der Bemerkung nachrechnete: *Er* könne rechnen; das mache er schließlich in seinem Laden x-mal am Tag.

Nicht jeden Kellner schüchterte er ein. Im Gegenteil, er war stets auf der Suche nach einem jungen Mann, der Urteilskraft, Phantasie, Charakter bewies oder besonderen Fleiß zeigte. Einem solchen gab er ein großzügiges Trinkgeld. »What's your name, boy?« fragte er dann und bat ihn, uns für den folgenden Mittwoch einen Tisch zu reservieren, an dem er bediene.

Einmal brachte ein kluger Kellner, der die zu erwartende Aufrundung als Trinkgeld für zu gering hielt, auffallend viele Münzen im Restgeld zurück. Tatte steckte zu seinem großen, enttäuschten Erstaunen alle Münzen, alle, sofort kommentarlos und ohne aufzuschauen in die Hosentasche. Dann zog er einen Ein-Dollar-Schein hervor und legte ihn schmunzelnd auf den Tisch. Ein Dollar war damals sehr viel Geld. Wäre der Kellner ein Weißer gewesen, hätte man bestimmt erkennen können, daß er errötete oder erblaßte. Dieser rollte nur die großen Augen. Nach seinen Namen fragte ihn Tatte nicht.

Die Schwierigkeit mit den Ansprüchen ist, daß sie oft Widersprüche werden. Mein Abonnement bei »Gourmet« widersetzt sich nicht allein meinen ständigen Bemühungen abzunehmen, es stellt sich ebenfalls meinem Bestreben entgegen, Überbleibsel so optimal und phantasievoll zu verwerten wie meine Mama. Denn für die ausgefallenen Rezepte im »Gourmet« brauche ich ausgefallene Zutaten, für die ich des öfteren ganz Berlin absuche, von denen aber, wenn ich sie denn überhaupt finde, ich nur sehr wenig benützen muß, so daß ich immer neue, immer ausgefallenere Reste habe, die phantasievoll oder nur optimal zu verwerten um so schwerer ist, je ausgefallener sie sind. Stern-Anis. Jalapeno Chillies. Zitronen in der Salzlake.

Für Stern-Anis und Jalapeno Chillies bin ich ganze Nachmittage durch Berlin gegangen, in jedes Spezialitätengeschäft, von dem ich je gehört hatte. Nun habe ich seit über einem Jahr einen fast vollen Beutel vom ersteren im Schrank und vom letzteren ein Glas seit Monaten im Kühlschrank. Die Zitronen habe ich selbst eingelegt, nachdem ich eine Freundin, die zufällig nach Israel fuhr, gebeten hatte, mir ganz junge, frische, glatthäutige von dort mitzubringen. Man nimmt Salz-Zitronen – mindestens sechs Wochen müssen sie marinieren – für die marokkanische Küche, die ich kennengelernt habe, als ich einen Dokumentar-Film über Frauen hinterm Schleier drehte. Natürlich habe ich in Marokko ein Kochbuch gekauft.

Es sind aber nicht Erinnerungsbilder von Frauen beim Bauchtanz, die Salz-Zitronen, Gelbwürz und Kreuzkümmel heraufbeschwören, wenn ich bei der Bereitung marokkanischer Gerichte in Träumereien komme. Nein, ich sitze oben auf der Feldstein-Mauer, die den offenen Viehmarkt umgibt, in einem Bergdorf unweit von Marrakech. Hunderte Schafe und Ziegen, Gestank und Gebrüll, bepackte Esel, offene Teestuben. Scharf und mild zugleich, der Geruch von Pfefferminz und Apfelsinenschale. Und Männer, die handeln. Mitten im Treiben der Tiere gestikulieren sie, Geldscheine in der Hand. Sie sehen sich in die Augen.

Früh am Morgen ist Kälte in der Luft. Langsam zieht der nördliche Berghang, der sich streng und finster in den Himmel erhebt, die Sonne an. Er färbt sich immer röter.

Ich höre das laute Summen der Kamera, die die Kamerafrau neben mir hoch oben auf der Marktplatz-Mauer in den Händen hält. Unter uns, im Schatten fremder Berge, ein jahrhundertealtes Treiben, das ich nicht verstehe. Mich überkommt ein Gefühl von Scham. Eindringling bin ich. Die Hybris des Europäers lege ich an den Tag. Anmaßung, hierüber Bericht erstatten zu wollen.

Und Trauer mischt sich ins scharfsüße Gewürz: Safran, Ingwer und Zimt, Cayenne, Coriander. Ein leiser Nachgesang der langsam schwindenden, strengen Bräuche, die gewachsen waren. Nicht aufzuhalten der Verfall, auch nicht mit der Militanz des radikalen Islam. Nicht zu ersetzen der Verlust der Kulturen. Mit jenem Film trug ich dazu bei, sie zu nivellieren. Welche Barbarei.

»Bstella-Blätter« möchte ich manchmal machen, dünne Teigblätter, die ähnlich wie französische »Crêpes« ausgebacken werden, und zwar traditionell auf der angeheizten Unterseite von einem einfachen Kuchenblech, das auf einem Drahtgestell über Holzkohlenglut gekippt wird. Sie werden mit Lammfleisch gefüllt, oder es kommt einfach ein Ei hinein. Am schönsten ist die Pastete aus Tauben und Mandeln, Schicht über Schicht, jeweils mit einem Bstella-Blatt belegt. Ich habe es nie geschafft, sie herzustellen. Bescheiden wird man vor der fremden Kochkunst.

Wenn ich aber vom Lammbraten oder vom Huhn etwas übrig habe, schneide ich Salz-Zitronen in die Sauce oder würze sie marokkanisch mit Mandeln und Rosinen und bereite Safran-Reis dazu. Dann denke ich an die Frauen, die einander haben, verschwistert hinterm Schleier. Im Frauenbad entlarven sie voreinander ihre potenzprotzigen Männer und lachen sie aus. Aber sie verwöhnen die Söhne.

Ich habe einmal zugehört im Frauenbad. Ich habe alles verstanden. Ich habe nichts verstanden. Der Ton, die Atmosphäre, die Gestik habe ich interpretiert, natürlich nach westeuropäischen Gesichtspunkten, die nicht anwendbar sind. Sie reden miteinander, das habe ich verstanden. Sie teilen sich mit, diese fülligen Frauen, die einander den dampfenden Körper abreiben, ganz offen junge Brüste anfassen, anpreisen, den Bauch der Schwangeren abtasten, ihr Ratschläge erteilen, die Geheimnisse der Liebe verraten und die Kunst, den Ehemann zu halten: Gut essen soll er, viel und gut, auf daß er fett und faul wird, noch am Tisch rülpst und forzt, in den Polstern einschläft und schnarcht. Sie lachen. Ausgelassen. Rückhaltlos.

Ohne Hintergedanken, ohne Nebengedanken, ohne Gedanken zu lachen, zu weinen, zu keuchen, zu seufzen, die Gefühle zu äußern, wahrzunehmen und zu äußern, ohne Angst, ohne Falsch, sich mitteilen, man selbst sein ...

Auch diese Gedanken sind sicherlich irrtumsbeladen. Wie soll ich denn wissen, was sich in Wirklichkeit in einem marokkanischen Frauenbad abspielt? Selbst wenn ich es erlebe, erfahre ich es nicht. Und dennoch ist die Anregung da, über sich und seine Gewohnheiten zu sinnieren. Vielleicht ist dadurch auch der Mut da, sie aufzubrechen, sie zu überwinden, zu einem natürlicheren, einem besinnlicheren Leben zurückzufinden. Zu einem bewußteren Leben, wollte ich gerade schreiben, aber das ist ja das Gegenteil von dem, was ich meine. Nein, es ist das, was ich meine. Nur anders bewußt. Nicht intellektuell, sondern intuitiv. Ach ...

In einem Gespräch unter vertrauten Freunden kann man so etwas zumindest erläutern, wenn auch nicht klären.

Ich denke, weil Tony und ich das Gespräch suchen, laden wir meistens nur zwei Freunde zum

Abendessen ein. Zu viert kann man ein Tischgespräch führen, an dem alle beteiligt sind. Ein Gespräch, kein Smalltalk. Oft fängt es mit dem an, was man gerade ißt.

»Was machst du bloß mit Lamm?« fragte einmal eine Freundin. »Bei dir ist es nie fasrig, auch nicht fett. Es schmeckt richtig nach Lamm, ohne daß es die Penetranz von Hammel hat.«

»Lamm ist doch ganz einfach«, fing ich glücklich gebauchpinselt an, meine Technik zu schildern. »Am allerwichtigsten ist, wie bei Braten allgemein, daß man sofort die Poren schließt, also das Fleisch scharf anbrät, entweder im Topf auf dem Herd oder in einem ultraheißen Ofen, den man aber gleich herunterschaltet, so daß es nur etwa eine Viertelstunde bei der hohen Hitze –« Ich mußte innehalten. Niemand hörte mir zu. Keiner guckte zu mir hin. Alle schauten auf Tony, der mit zugekniffenem Mund und geschlossenen Augen den kahlen Kopf sehr langsam und entschieden von Seite zu Seite bewegte.

Ich war sehr irritiert. »Was ist?«

»Ganz einfach«, äffte Tony mich nach. »Überhaupt nicht ganz einfach. Bevor du ›ganz einfach‹ das machst, was du jetzt beschreibst, bist du doch bereits seit Stunden mit dieser Keule zugange gewesen.«

»Na gut, ich habe das Fett weggeschnitten.«

»Das ganze Fett nicht.«

»Na ja, soviel wie nötig.«

»Sehr präzise«, sagte Tony etwas spitz.

Unsere beiden Gäste machten eine Miene, als befürchteten sie, einen Ehezank ausgelöst zu haben. Ich mußte aber nur lachen. »Ich bin genauso schlimm wie meine Mama«, sagte ich. »Wann immer ich versucht habe, herauszubekommen, wie sie etwas macht, konnte ich beinahe verzweifeln. Zumindest maßliche Anhaltspunkte wollte ich heraushören. Ihre Klöpschen, zum Beispiel. Wenn sie nur wenig Hühnerklein hatte, machte sie daraus ein Frikassee und tat ihre unbeschreiblich lockerleichten Fleischbällchen hinzu, damit es reicht. ›Wie kriegst du bloß diese Konsistenz zustande‹, fragte ich sie immer wieder. ›Dos is nicht schwer‹, sagte sie: ›Di mizt nemmen Wasser‹. – ›Wieviel Wasser?‹ – ›Asoi viel, wie dos Fleesch nemmt. Iz mehr, iz besser. Asoi viel, wie es nemmt. Di fielst es mit die Händ, wenn di varmischst, oib es is leicht oder es is schwer.‹ Sie spürte es beim Mischen. Denn das Fleisch ging durch ihre Hände. Sie beurteilte es nicht nur von der Farbe und vom Geruch her, sondern auch mit den Fingern, beim Fleischer noch, bevor sie es kaufte. Eine gefürchtete Kundin ist meine Mama, aber eine gute Kundin. Wenn sie Qualität sieht, fragt sie nicht nach dem Preis, kauft sie, kauft sie viel, denn wenn sie kocht, kocht sie eine Portion zum Kosten für Lilly und eine für Lillys Tochter, Tina, und je eine für Lillys Schwiegertöchter, Terry und Kelly, und natürlich eine für Lillys Schwiegermutter, Rose, die im selben altengerechten Apartmenthaus wohnt. Das macht Mama heute noch. Ende Dezember 1993 ist sie neunzig Jahre alt geworden.«

Nie lasse sie das Fleisch vom Fleischer durch den großen Wolf drehen, erzählte ich weiter, einem sich leise meldenden Gedanken zum Trotze, daß ich zu lange und vor allem zuviel erzähle, daß ich auch nicht zum Thema erzähle. Um meinen Lammbraten ging es, nicht um Mamas Fleischbällchen. Sie wolle das Fleisch im Stück *kaschern*, erkläre ich. Das heißt, sie wasche es, salze es von allen Seiten ein und lasse es eine Stunde abtropfen an einem schräggestellten Brett. Das Blut müsse heraus, sonst sei es für Mamas Dafürhalten nicht koscher und würde außerdem keinen Geschmack haben, kein *Tam*. Dann erst schneide sie es in Streifen und drehe es zweimal durch, das zweite Mal zusammen mit einer Zwiebel. Es käme Öl und ein Ei herein, Matzoh-Mehl, vielleicht etwas mehr Salz, eine winzige Prise Zucker, und eben so viel Wasser, ›wie es aufnimmt‹. Sie spüre, wieviel, denn sie arbeite nur mit den Händen. »Skwusch, drückt sie die Finger durchs aufgeschlagene Ei hindurch ins durchgedrehte Fleisch. Skwisch, gleiten die Finger ins glänzende Öl hinein und vermengen es mit der Masse. Nicht zuviel Matzoh-Mehl, sonst werden die Klöpschen hart. Zum Schluß das Wasser, so viel es nimmt. Ich mische auch mit den Händen. Es hat lange gedauert, sehr lange, bis ich die Wassermenge ›spürte‹. So lockerleicht wie Mamas sind meine Fleischbällchen auch heute nicht.«

»Ich finde es einfach unredlich«, sagte Tony beharrlich, »wenn du ›ganz einfach‹ sagst und dabei alles wegläßt, was für dich selbstverständlich zum

Handwerk gehört, wovon aber ein anderer keine Ahnung hat. Ja, mehr als unehrlich, fast bösartig finde ich das. «

»Wieso bösartig«, fragte ich betroffen.

»Ja, eine verkappte Bosheit. Dann versucht man. Man macht es genau, wie du gesagt hast. Es wird aber natürlich nicht so gut wie bei dir, und du bist die Größte. Warum sagst du nicht, du hast das Fleisch erstmal gesalzen und eine Stunde abtropfen lassen?«

»Na gut«, sagte ich etwas pikiert. »Davor noch habe ich das Fleisch gewaschen, und wenn ich wirklich am Anfang anfangen soll, dann habe ich zunächst eben Lamm gekauft, das, an der hellen Farbe erkennbar, von einem jungen Tier stammt und nicht von einem angehenden Hammel, Lamm, das nicht tiefgefroren, nicht gefrostet, nicht aufgetaut ist, sondern frisch. Es ist überhaupt nicht leicht, solches Fleisch zu finden. Am schönsten wäre Milchlamm, wie man es in Italien zu Ostern bekommt. Das Lämmchen schlachtet man da so jung, daß das Fleisch fast weiß ist. Eine doppelte Keule mit kleinem Schwänzchen noch dran und bis zu den Lenden hoch geschnitten wiegt höchstens ein Kilo. Leider verbietet es die preußische Sparsamkeit, das Vieh so jung zu schlachten. Welch ein Genuß entgeht uns da!«

»Arme Tierchen«, lamentierte unsere Freundin, währenddessen sie einen Bissen zarter Lammkeule mit der Gabel aufpiekt. Keine Spur Ironie in der Stimme. Ich kann mich erinnern, als kleines Kind –

vielleicht war ich sieben oder acht Jahre alt – mit Tatte zum Schlachthof mitgefahren zu sein. Wie der Zufall es wollte, fuhr ein offener Viehtransporter voll mit kleinen Lämmchen direkt vor uns den ganzen Weg. Sie waren ganz unruhig, bähten unentwegt und schoben sich, so dicht gedrängt sie auch waren, im Lader hin und her. »Schau doch«, sagte ich zu Tatte: »Sind die nicht süß?«

»Noch sießer mit Salz«, war seine Antwort, der Tonfall wie ein Zwinkern. Ich denke genauso. Schlachtvieh ist zum Essen da.

Dennoch kann ich die Vegetarier verstehen. Je älter ich werde, desto mehr neige auch ich dazu, vegetarisch zu essen. Ich würde daraus kein Prinzip machen. Für alle Zeiten auf den Genuß von Fleisch etwa verzichten. Mit Verzicht habe ich schon wegen der vermaledeiten Diäthalterei genug zu tun. Ich will sowieso nicht verzichten. Auf gar keinen Genuß will ich verzichten.

Die vegetarische Küche ist erstaunlich vielfältig und ansprechend. Sie spornt mich zu erheblichen Anstrengungen an, habe ich einen Gast, der ihr frönt. Je reiner, je restriktiver seine Praxis, desto mehr reizt es mich, ihr Genüge zu tun. Ernährt er sich nicht nur fleischlos, sondern auch fischlos, eilos, butter- und milchlos, setze ich mich tagelang hin und studiere Bohnen, Beeren und Wurzelpflanzen, fülle Tomaten mit Korinthenreis, Zucchiniblüten mit gewürztem Tofu, bereite einen Bulgur-und Shitake-Pilaf, stelle Rohkost-Salate nach Farbe her, backe Salbei-Kümmel-Brot. Ich singe in der Küche:

Don't know why,
There's no sun up in the sky ...
Wie ich es oft tue, seit ich die sonnigen Südstaaten verließ, freue mich, erfreue mich der Herausforderung, der Aufgabe, der ungewöhnlichen Arbeit und der köstlichen Resultate.

Ich hoffe, es hört sich nicht zu sehr wie eine überholte oder eine gar als autoritär verpönte Erziehungsmaxime an, wenn ich sage, streng gesetzte Grenzen und die Pflicht, sie unbedingt einzuhalten, setzt den Geist frei. Einmal macht es erfinderisch, denn man möchte sich dennoch ausdrücken, verwirklichen, seine eigenen Ziele erreichen und muß zusehen, wie man das innerhalb der Begrenzung schafft. Zum anderen befreit es die Gedanken vom Äußerlichen, denn die äußerlichen Grenzen sind gesetzt, und es erlaubt, daß man seine Energie auf das Wesentliche richtet. Eine Kleiderordnung beispielsweise erspart einem die allmorgentliche Suche nach dem passenden Aufzug für den Tag. Man sagt, daß T. S. Eliot, der so frei in seinen Dichtformen war, ein Neuerer, ein Wegweiser, wenn nicht gar ein Revolutionär, sich in der Kleidung strikt den Normen des englischen Gutbürgertums unterzogen hat. Nach dem Grund gefragt, gab er an, daß er nach außen kein Aufsehen erregen möchte, um in seinem Innenleben nicht gestört zu werden. Selbst Ezra Pound, als Exzentriker bekannt, blieb beim einmal gefundenen äußerlichen Image, beim langen, mit Türkis besetzten Ohrring und langem, japanischem

Schal. Ich denke, es kann einem, sagen wir, aufstrebenden Künstler so viel Zeit und Energie kosten, äußerlich aufzufallen, daß er nur wenig für die Arbeit übrig hätte.

Sich selbst seine Grenzen zu setzen – aber auch wirklich welche zu setzen und sie einzuhalten –, das heißt, frei zu sein.

Zum Spaß und zur Übung versuche ich hin und wieder ein Sonett zu schreiben, die vorgeschriebene Zahl der Zeilen, das vorgeschriebene Rhythmus- und Reimschema einzuhalten. Wenn ich mich strikt in diese Form zwinge, muß ich nicht nur das präzise Wort suchen, sondern auch die Klangfarbe jenes Wortes, die Zahl der Silben, ihre Betonung beachten und bei all dem die Stimmung des Gedichts nicht verlieren, die Aussage nicht zugunsten der Form aufgeben. Oft begleitet mich die Aufgabe, *le mot just* zu finden, durch alle täglich wiederkehrenden Haushaltsarbeiten hindurch, und ich kann aus der Küche an den Schreibtisch eilen, einen tropfenden Kochlöffel in der Hand, um dieses Wort, habe ich es einmal gefunden, zu notieren. Es ist schon vorgekommen, daß ich mitten beim Ankleiden einen unbedingt gleich niederzuschreibenden, in der Arbeit weiterführenden Gedanken hatte, mich nackt an den Laptop setzte und munter weiterdichtete. Mein Arbeitsplatz muß natürlich gut geheizt sein.

Ansonsten ergänzen sich Schreiben und Kochen, lösen einander organisch ab oder begleiten einander einträchtig. Sie sind nicht Konkurrenten, diese beiden Lüste, weiß eine jede nur zu gut, daß sie Einmaliges an Freude zu geben vermag und deshalb nicht von der anderen ausgeschlagen werden kann. Wenn das leere Blatt vor mir belastend lange leer bleibt, wenn mir der blinkende Bildschirm Zeile für Zeile nur Korrekturbedürftiges oder gar Neuzuschreibendes entgegenhält, wenn die Gedanken immer komplexer, die Figuren immer papierener, die Begriffe immer unzureichender werden, weiche ich in die sinnliche, sinnvolle Welt der Küche aus. Wenn mir aber dort das Putzen, Hacken, Mischen, Kneten, Spülen und Spülen schier endlos erscheint, trockene ich die Hände und kehre in die luftige Aura des Ersinnens und Erzählens zurück. Manchmal aber verkalkuliere ich mich und bringe mich unversehens an den Rand einer Katastrophe, an den Tagen nämlich, wenn das Schreiben gut geht, wirklich läuft, und ich auf keinen Fall gerade jetzt diesen Fluß unterbrechen will, aber bereits vor Tagen für den heutigen Abend Gäste eingeladen habe, die, so wie sie es bei mir gewöhnt sind, bewirtet werden sollen. Ich muß planen, einkaufen, vorbereiten, kochen, die Nägel unbedingt neu lackieren, servieren, wie ein Mensch mit am Tisch sitzen. Der Kampf meiner beiden nunmehr sich erzfeindlich gegenübertretenden Neigungen droht mich dann zu zerreißen. Ich beschließe, Gerichte zu wählen, die ich am Tag vor der Einladung oder bereits noch früher vorbereiten kann, um an jedem Morgen, auch an dem Morgen der Einladung, wenigstens ein paar Zeilen niederschreiben zu können und nicht »herauszukommen«: Halbgefrorenes, eine Pastete, eine Suppe, die ziehen soll ... Einen neuen Konflikt sehe ich hierbei heraufziehen: die gut vor-vorzubereitenden Speisen sprengen nicht selten meine angestrebte Kaloriengrenze, enthalten viel Sahne oder Eier und Zucker. Vielleicht passen sie auch gar nicht zueinander. Der Speiseplan, die Abfolge, na ja, das ist ein Puzzlespiel. Stundenlang kann man darüber sitzen, die Teile so oder so zueinanderstellen, wieder verschieben und neu beginnen. Ändert man, einer plötzlichen Eingebung folgend, die Vorspeise, gerät die Hauptspeise zum Problem. In der ersten ist abgeriebene Zitronenschale vorherrschend, zur anderen gehört aber eine mit Zitronensaft angemachte Sauce. Zuviel der Zitrone. Geistig zieht sich der Mund zusammen. Man sinnt über eine alternative Hauptspeise nach, eine mit sahniger Sauce. Nein, an der Nachspeise ist reichlich Sahne. Vielleicht ein Salat dazwischen. Schon wieder Säure, diesmal in der Vinaigrette. Oder ein Sorbet?

Speisepläne zusammenzustellen ist, wie eine gute Freundin mir versichert, die für wichtige Geschäftspartner ihres Mannes repräsentative Abendessen gestalten muß und diese Aufgabe mit viel Lust, Phantasie und Können zu absolvieren weiß, eine Aufgabe für wache Nachtstunden, falls man schlecht schläft: viel besser als Schafe zählen.

Die Vorstufe der krönenden Süßspeise für mein Sechs-Gänge-Menu: »Reis Sarah Bernhardt« habe ich Gott sei Dank bereits gestern abend kaltgestellt, und zwar in Mamas alter Aluminium-Ringform, aus der sich das Gelierte so schön stürzen läßt, weil man sie einfach umgedreht auf den Servierteller stellen, die hohlgeformte Rückseite langsam mit warmem Wasser aufgießen und beim hörbaren Sich-Lösen der Speise abnehmen kann. Sie gehört zu meinen Lieblingsstücken aus Mamas Küche. Fast gleichauf mit der alten Holzschüssel, in der Mama mit ihrem gekrümmten Hackmesser alles, von Nüssen für den Kuchen über Grieben für den Schmalz bis hin zu Leber für die Gehackte-Leber-Vorspeise, jeweils artgerecht zerkleinerte. All die Jahre hindurch.

Aus Mamas Küche hat vorläufig nur wenig den Weg in meine eigene angetreten: Das Tuch mit der Mehlsack-Kopfkissen-Vergangenheit. Ein Hors d'œuvre-Teller aus dickem, goldgelbem Glas. Die Ringform und die Holzschüssel ... Mama hat oft bedauert, daß sie ihren Töchtern keine Aussteuer aus einem über Generationen überlieferten Familienbesitz bescheren konnte. Ich bin froh darüber. Welch eine auch moralische Belastung! Ich hätte doch nie auf die Idee kommen können, nach Sri Lanka auszuwandern, wenn ich die Verantwortung für das Erhalten und Weiterreichen ererbten Familienbesitzes getragen hätte. Und obwohl es eine Schnapsidee und eine völlige Pleite war, nach Sri Lanka auswandern zu wollen, möchte ich jenes Abenteuer mit all seinen so kostbaren wie kostspieligen Folgen nicht missen. Das Gegenteil von Erben ist Ausreißen. Seine liebgewonnenen Gewohnheiten kann man in der Fremde nicht pflegen, und die

Werte, mit denen man aufgewachsen ist, die man übernommen hat, werden, allein durch die Konfrontation mit einer Kultur, die zum Teil konträre Werte lebt, in Frage gestellt.

»Du und ausreißen!« sagt Tony, wenn ich so rede. »Gib doch nicht so an!« Gut, ich gebe zu, daß ich mit Berberteppich und Cognacschwenker nach Sri Lanka gegangen bin. Auf manches will ich doch nicht verzichten. Und obwohl ich viele Bücher vorher verschenkt habe, habe ich viele doch noch mitgeschleppt. Die schwerste geerbte Belastung wäre eine geerbte Bibliothek. Das ist doch eine ausgemachte, bürgerliche Hinterlist, seinen Kindern Regale voll schöner, generationenalter Bücher zu hinterlassen.

Die Möhren und die Bohnen putzen. (Beilagen: Orange and Ginger Glazed Carrots; »Gourmet«, Dez. 89, Seite 277, und Green Beans Harke; »Gourmet«, Nov. 92, Seite 42.) Die schwarzen Oliven für das Grüne-Bohnen-Gericht entkernen und vierteln sowie die Pinienkerne leicht rösten. Für das Möhrengericht die Apfelsinen auspressen und die Ingwerwurzel reiben. Zuerst aber den Kalbsfond für die Bratensauce (Hauptgericht: Roasted Loin of Veal with Garlic, Shallots and Mustard Gravy; »Gourmet«, Juni 92, Seite 100) aus dem Tiefkühlfach herausnehmen, damit er auftauen kann.

Wo ist er denn, der Kalbsfond? Fischfond sehe ich. Noch einen Behälter mit Fischfond. Warum habe ich zweimal Fischfond? Ich ahne schon Böses. Ich habe keinen Fond eingekocht. Ich habe keinen

Fond mehr. Weder Kalb noch Rind. Nicht einmal Hühnerbrühe. Was mache ich denn da? Schnell zu Nöthling, Kalbsknochen kaufen?

Ach, Nöthling. Das Delikateßgeschäft Nöthling ist nicht mehr das, was es war, als Meister Guyot noch ein Lammkarrée gestaltete, der würdig gewesen wäre, die Krone einer Königin zu sein, als am Wurststand jede einzelne Scheibe Aufschnitt langsam und liebevoll ausgelegt wurde, als eine Verkäuferin wie Frau Bernhard oder Frau Schenk selbstverständlich eine Einkaufs-Begleiterin war und mit einem mitging vom Obst über Käse und Räucherlachs bis hin zum Olivenöl, eine Fachkraft, beratend und mitdenkend: »Bräuchten Sie Sahnemeerrettich zum Lachs, Frau Doktor Lander? Nein? Nur, daß Sie nachher nichts vermissen.« Damals sah Herr Straub zu, daß ich den Meerrettich frisch gerieben aus der Nöthling-Küche bekomme. Und wenn ich nicht ins Geschäft gehen konnte, brauchte ich, als Nöthling noch Nöthling war, Herrn Straub nur anzurufen und bei ihm zu bestellen. Die Ware wurde, jeder Artikel für sich in weißem Papier eingeschlagen, von einem weiß bekittelten jungen Mann ins Haus gebracht, der milchblaß vom Teint und frischrosa von den Wangen war, wie der holländische Seefahrer-Junge in meinem Kindheitsbilderbuch. Fünf Mark spendierte ich ihm für seine Mühe. Nicht weil ich etwa fünf Mark übrig hätte.

Ich weiß, es klingt hochnäsig. Es riecht nach Privileg. Wer kann sich das schon leisten? Wo bleibt die soziale Gerechtigkeit? Ich denke schon lange nicht mehr so. Spätestens in Sri Lanka, wo es die Mindestvoraussetzung fürs Überleben ist, daß das wenige Geld, das es überhaupt gibt, doch unter die Leute kommt, habe ich gelernt, daß eine Dienstleistung eine Leistung ist, eine zu achtende Arbeit, ausgeführt von einem zu achtenden Menschen. Bedienstete beschäftigen zu können ist auch in Sri Lanka ein Zeichen von Wohlhaben, aber keine zu beschäftigen, wenn man es könnte, ist asozial, ist eine ächtungswürdige Mißachtung des Menschen. Ich habe mir immer vorgestellt, daß ich, wenn ich sehr alt und gebrechlich geworden bin, mir ein Mittagessen aus der Stadtküche von Nöthling kommen lassen könnte. Ich dachte, der junge Mann im weißen Kittel würde mir notfalls den Backofen auch anzünden, wenn ich das dann nicht mehr könnte, und falls ich bis dahin Sozialhilfe-Empfängerin sein würde – wer kann sagen, wie es kommen wird –, würde er dennoch von mir fünf Mark für seine Mühe bekommen, vielleicht zehn, falls die Zeiten hart wären. Geld ist doch kein Gegenwert für einen solchen Dienst.

Ob die Sinnlichkeit tot ist, die beim Einkauf in einem solchen Geschäft noch spürbar war?

Eines mit schwarzen Wolken verhangenen Morgens schlug ich die Zeitung auf und las, daß Nöthling in Konkurs gegangen sei. Am gleichen Morgen – sagte ich schon, daß ich an Zufall nicht glaube? – am gleichen Morgen rief mich eine Freundin an, die Cutterin ist beim Sender Freies Berlin. Sie ist zwar jung und tatkräftig, hat aber längst aus der Mode gekommene ästhetische und auch ethische Werte. Kurz: sie ist wie ich ein Überbleibsel aus einer anderen Ära. An jenem Morgen sagte sie: »Jeannette, ich schneide meinen letzten Film.« Ich erschrak. Ich dachte, sie sei marktfördernd abgewickelt worden oder kulturverkürzt oder medienkartellrationalisiert. Aber sie war gar nicht entlassen: Sie *schnitt* ihren letzten *Film*. »Im Sender Freies Berlin«, sagte sie, »wird es ab dem 1. Januar 1994 keinen einzigen Film-Schneideraum mehr geben. Alles nur elektronisch.«

Ich empfand das Zusammenfallen dieser beiden Ereignisse als einen Fingerzeig, daß das Ende der Sinnlichkeit unversehens über uns gekommen war, während ich still, fröhlich und nichtsahnend in meiner Küche einer anachronistischen Erotik frönte.

Jene Freundin ist die Cutterin meines ersten Dokumentarfilmes gewesen, und ohne sie wäre er nicht viel geworden. Sie dachte mit, gestaltete mit, in ihrem Handwerk gewissenhaft bis zum äußersten. Gewissenhaft und standhaft. Wenn ich eine Notlösung vorschlug, weil ich vergessen hatte, Schnittbilder zu drehen oder eine Ton-Atmosphäre aufzunehmen, wandte sie sich entsetzt zu mir um und sagte so trocken wie bestimmt: »Das mache ich nicht.« Was sie nicht machte, machte sie nicht, da gab es keine Diskussion. Sie beantragte lieber unter Aufopferung eines Schneidetages noch einen Drehtag mit dem Kameramann und kam mit uns mit ins Völkerkunde-Museum, um dort passende Motive nachzudrehen, als daß sie zwei Schwarzbilder einbaute, wo ein Schnittbild fehlte. All diese Strenge brachte ihr unter Kollegen den Ruf einer rechthaberischen Pedantin ein, aber sie ist ganz im Gegenteil ein sinnlicher Mensch. Sie kann nicht schludern. Nur unsensible Menschen können es über sich bringen, zu schludern.

Ich kann mich noch gut an den Tag erinnern, als wir Dutzschwesterschaft tranken. Meine Freundin öffnete zur Feier des Tages eine sorgfältig aufbewahrte Filmdose, entnahm ihr eine alte Filmrolle, hielt sie hoch und ließ sie sich entrollen. »35 Millimeter. Das waren noch Filme«, sagte sie mit ungespielter Bewunderung und ohne einen Hauch von Nostalgie. »Sieh mal: Man braucht den Film nur gegen das Licht zu halten. Ohne Schneidetisch kann man arbeiten, sinnlich arbeiten. Mit 16-Millimeter-Film kann man das nicht mehr.«

Jetzt hatte mir just diese Freundin am Telefon gesagt, daß auch auf 16-Millimeter-Film nicht mehr gedreht wird. Film, immerhin etwas, was man sehen und fühlen kann, wird für den Fernsehfilm nicht verwendet. Selbst Bild gibt es nicht mehr. Elektronisch aufgenommen und digital geschnitten sind die »Filme«, die wir dann in lauter Punkte aufgelöst im Fernsehen sehen.

Nein, ich werde keinen Bouillonwürfel als Fond-Ersatz verwenden. Ich mache das nicht. Ich mache mich nicht mitschuldig am Verlust dessen, was noch mit den Sinnen wahrnehmbar ist. Ich will die Brühe-Knochen, aus denen mein Fond ensteht, sehen, riechen, waschen, einsalzen und mit Wasser aufsetzen. Ich will die Erde vom Suppengrün an meinen Händen abspülen. Ich will, daß die Küche und meinetwegen alle anderen Räume auch mit dem Duft der Brühe erfüllt sind, während ich koche. Erst wenn ich rieche, wie sich der Fond langsam verdichtet, kann ich auf der Zunge schmecken, wie die Sauce werden wird. Ich weiß, daß es spät geworden ist, daß ich, wenn ich jetzt wieder einkaufen gehe, mit meinem Sechs-Gänge-Menu in Zeitnot geraten könnte. Mit dem Fleischgericht habe ich noch gar nicht angefangen. Das ganze Putzen und Kleinschneiden der Gemüse-Beilagen steht mir noch bevor. Ich ziehe mir dennoch den weiten, langen Regenmantel über, der alles an Arbeitskluft bedeckt, was auf der Straße und in den Geschäften nicht präsentabel ist, stecke die Füße in Stiefel, die so hoch und weich sind, daß sie auch noch die abgetragenen Jeansbeine einhüllen, schminke mich nicht, gehe hinunter ins buntgemischte, großstädtisch aufblühende Kleinhandelsleben vom Prenzlauer Berg und kaufe Brühe-Knochen. Gut, es sind keine Kalbsknochen. Für die hätte ich wenn schon nicht mehr zu Nöthling, doch mindestens bis zum Kaufhaus des Westens fahren müssen. Rinderknochen tun es auch, wenn ich eine extra große Zwiebel, mehrere Petersilienwurzeln, mindestens zwei Lorbeerblätter und sechs Gewürzkörner nehme. Zukker nicht vergessen. Eine Prise Zucker ins Salzige, eine Prise Salz ins Süße, beim langen Kuß noch ahnen, daß der Mensch Zähne hat.

Das Stadtteil Prenzlauer Berg ist ein Überbleibsel. In gewisser Hinsicht sind das alle Stadtteile diesseits jener unseligen Mauer, von der ich kleine, buntbemalte Stückchen an Mama und Helen und Lilly verschickt habe, nachdem sie gefallen war. So manches in diesem Viertel erinnert mich an die Stadt, wie sie im Jahre 1950 war, als ich, frisch aus Atlanta, gerade erst neunzehn Jahre alt und sichtbar schwanger, auf dem kleinen, entlegenen Flughafen Gatow landete. Ich kam aus Holland, wohin mich ein alter Dampfer von New York her verfrachtet hatte. Elf Tage hatte die Überfahrt gedauert. Es war die letzte Atlantik-Überquerung für das veraltete Schiff und wurde gebührlich drei Mal am Tag mit großen Gelagen aus der guten Schiffsküche gefeiert. An einen Lunch erinnere ich mich noch genau: Auf den großen, runden Tischen war bereits aufgetragen worden, als die Schiffspassagiere in den Eßsaal traten. In der Mitte eines jeden Tisches prangte ein ganzer Lachs, gedünstet, gefüllt und mit einer hellen Hollandaise überzogen, in die stilisierte Fischschuppen eingeprägt worden waren. Wenn ich die Augen schließe und mich an jenen leicht mit der Meeresbewegung schwankenden Tisch zurückversetze, kann ich die gerade noch flockige Konsistenz, die mildsalzige Herzhaftigkeit von jenem Lachs in seiner sammetsahnigen Sauce immer noch nachvollziehen. Mamas Küche, so gut sie auch war, würzig und kraftvoll, mit Können und Liebe zubereitet, hätte mir nie etwas derart Delikates und Edles bieten können. Dagegen war Mamas Küche einfach derb.

Auf jener Überfahrt aus der neuen in die alte Welt

ist mir *Haute Cuisine* zum ersten Mal begegnet. Ja, und eine Lebensart, die ich angenehm nennen würde, obgleich die meisten Menschen von ihr – vielleicht mit zwiespältiger Haltung – als vornehm sprechen. Muße. Zurückhaltung. Den leisen Umgangston. Die Achtung auf das Detail in der Form und auf Reibungslosigkeit im Ablauf. Und – denn ohne geht nichts von jener Lebensart –: Bedienung. Gewiß, sie war mit im Preis inbegriffen wie in jedem Hotel oder auf jeder Flugreise. Aber die Qualität von Bedienung ist sehr unterschiedlich, selbst wenn der Preis der gleiche ist. Auf jenem alten Schiff war sie von der alten Sorte.

Was das Essen betrifft, zwischen dem üppigen Frühstück und dem reichhaltigen Mittagessen und noch einmal vor dem opulenten Abendessen zur klassischbritischen Teestunde um fünf Uhr servierten livrierte Stewards Tee und Kekse, eine Tasse Bouillon oder Kaffee und Kuchen von mit weißen Tischtüchern gedeckten Teewagen, die sie direkt an die Deckchairs der Passagiere heranrollten, welche da eingewickelt in ihren Schiffsdecken lasen oder auch nur der Muße frönten. Ich konnte das viele Essen hemmungslos genießen, da ich schwanger war und mir also für eine Weile keine Sorge um meine Figur zu machen brauchte. Ich dachte nicht daran, seekrank zu werden.

So angenehm und aufregend diese Überfahrt für mich als noch sehr junges, weltunerfahrenes Mädchen aus dem weitgehend ländlichen Staate Georgia gewesen war, so unerwartet und beängstigend war das, was mir zunächst in Europa begegnete. Die Welt, aus der ich gekommen war, war intakt. Sicherlich wird es so sein, daß die Bereitschaft zur Gewalttätigkeit, die sie heute prägt, auch in meiner Kindheit latent da war. Nur war ich mit ihr nie konfrontiert worden. Und obwohl ich die Zeitungs- und Rundfunkberichte, die Wochenschau-Bilder im Kino, die Geschichten der Soldaten und Veteranen vom Krieg in Europa gehört und gesehen hatte, kann ich sagen, daß Krieg und die Folgen von Krieg niemals zuvor in meine Vorstellungswelt gedrungen waren. Kein Radiobericht, kein Nachrichtenfilm hatte mir die Realität vermitteln können, in die ich eintrat, als ich in Rotterdam vom Schiff ging. Die Stadt lag in Schutt und Asche. Fünf Jahre nach Kriegsende – fünf Jahre sind für eine Neunzehnjährige eine beachtliche Zeitspanne, ein Viertel ihres Lebens –, und ich glaubte, noch Rauch aus jenen Ruinen steigen zu sehen, an denen ich allein und verloren vorbeiging, über Bretter, die den Asphaltbruch der zerbombten Straßen überbrückten. Ich roch den Tod. Ich hörte die Schreie. Ich dachte, nie würde hier Leben mehr sein, wie es gewesen war, normales Leben, wie ich es vor nur elf Tagen völlig ahnungslos und unbekümmert noch gelebt hatte. Und die kleinen, alltäglichen Sorgen, mit denen ich und die Menschen, die ich so weit weg in Amerika verlassen hatte, uns abgaben, kamen mir angesichts dieses Leidens nicht nur banal, sondern frevelhaft vor.

Es kann kein Zufall sein, daß ich unweit der Stelle,

wohin uns der Hafenbus gebracht hatte, ein rotes Neonschild mit den Lettern »Hotel Atlanta« sah. Ich habe nicht nach dem Preis für die Übernachtung gefragt. Ich habe das Hotel an dem Abend nicht mehr verlassen. Einmal drin, war ich wieder in der Welt des Überseedampfers. Im Hotel-Restaurant aß man, als wäre Krieg nie gewesen, von edlem, mit Goldblatt umrandetem Geschirr. Schweres, altes, für mich übergroßes Silberbesteck hielt ich in der Hand. Eine Damastserviette mit eingesticktem Hotel-Emblem wurde mir eigenhändig vom Kellner über den Schoß gelegt. Er sprach mich, ohne zu zögern, auf englisch an, leise und zuvorkommend, ja, ehrerbietend. Es ging mir auf, daß ich zu der Nation gehörte, die für die Befreiung Hollands mitverantwortlich gewesen war. Ich war sehr verwirrt.

Nicht weniger in Berlin. Was war ich hier? Feind? Befreier? Besetzer? Ich brauchte lange, um zu akzeptieren, daß es zum Teil amerikanische Bomber-Piloten gewesen waren, die eine solche Zerstörung, wie ich sie vor mir sah, angerichtet hatten. Und sehr lange, um mich nicht bei jeder neuen Begegnung zu fragen, wie der Betreffende während der Hitlerzeit gehandelt hatte, wie er zur Vernichtung der Juden gestanden hatte und noch stand. Dennoch konnte ich meine Gefühle nicht nach Gut und Böse sortieren, nach Opfern und Tätern, nach Schuld und Vergeltung. Ich war Amerikanerin, Jüdin, die Ehefrau eines Deutschen, der in Hitlers Wehrmacht Gefreiter gewesen war, würde bald die Mutter seines Kindes sein. Ich habe mir so naiv wie verzweifelt gewünscht, daß die Bezeichnungen einfach wegfallen würden, die Menschen in Gruppen aufteilen, die sich aus vermeintlichen Loyalitäten heraus feindlich gegenüberstehen, einander hassen und töten und all das Schöne in der Welt, das Menschen machen können, so sinnlos wie böse zugrunde richten.

Im ersten Jahr in Berlin habe ich aber etwas anderes kennengelernt. Ich liebte es, U-Bahn zu fahren und aus dem Untergrund kommend in einer Straße aufzutauchen, die manchmal in keiner Weise der glich, aus der ich hinuntergetaucht war. Ich stieg im kleinbürgerlichen und miefigen Steglitz am Bahnhof Feuerbachstraße ein und kam am Bahnhof Oskar-Helene-Heim hoch in einer großzügigen Allee vor den Toren zum Grunewald. Oder ich stieg am noch intakten und dicht umbauten Flughafen Tempelhof ein und kam in der Ruinenwüste am damals fast völlig zerstörten Wittenbergplatz hoch. Dort stand als einziges noch begehbares Gebäude das KaDeWe. Allen Straßen und Stadtteilen gemein war aber der Wiederaufbau, der überall sicht- und empfindbar im Gange war. Den allmählich wiedererwachenden Mut zum Leben habe ich kennengelernt, der sich nicht geschlagen gibt, der die Bedingungen auf sich nimmt und weitermacht, der kämpft.

Dieser Geist war mir neu. Da, wo ich hergekommen war, hatte es eine ähnliche Herausforderung, zumindest in meiner Erfahrung, nicht gegeben. Ich habe den Mut bewundert, und ich finde ihn wieder am Prenzlauer Berg, wo es zwar beschädigte und vernachlässigte, aber keine ausgebombten Häuser, keine Trümmertürme gibt. Man muß zwar nicht von Null anfangen, hat aber harte Bedingungen zu akzeptieren und gegen Resignation anzukämpfen, will man die Chance nutzen, die sich im Sinne von »stirb und werde« bietet.

Hier ist Kiez. Es gibt Kleinhandel, Handwerk. Es gibt Menschen mit ernsten Mienen. An Fassaden wird gearbeitet. Läden werden ausgebaut. Von Tag zu Tag verändert sich das Gesicht der Straßen. Ein Café kommt hinzu. Eine Weinhandlung wird eröffnet. Und es gibt Bitterkeit. Zwei ganze Vergangenheiten lasten auf den Leuten, eine Gegenwart noch dazu.

In Atlanta, im tiefen Süden der Vereinigten Staaten, weht noch heute die Fahne der besiegten *Confederate States of America* unter der der siegreichen *United States,* und das einhundertunddreißig Jahre nach Ende des amerikanischen Bürgerkriegs. Stur, intransigent und selbstbewußt sind die Südstaatler, stolz auf die Fahne ihrer Vergangenheit. Die Fahnen der deutschen Vergangenheiten hißt man nicht. Sie legen sich um die Seele.

Ich spüre das, wenn ich durch diese Straßen gehe. Es haben einmal viele Juden hier im Viertel gewohnt. Ich trauere um sie. Ich trauere aber auch um die Menschen, die heute hier wohnen, wenn sie nicht aus dem Schatten der Fahnen, unter denen sie gelitten haben, hinaustreten können. Brüder, zur Sonne, zur Freiheit – das ist ein schönes Lied.

Da ich schon unten bin, kann ich auch eine Schachtel Grissini und ein Päckchen Frühstücksspeck kaufen. Dann gibt es Chili Bacon Bread Sticks aus dem neuesten »Gormet«-Heft als Ameuse Gueule zum Cocktail. Ja, und ein Toastbrot, damit ich Melba Toast zum Salat servieren kann, falls jemand noch Hunger hat. Lieber zu viel als zu wenig, denke ich. Tony denkt anders: »Lieber weniger, schlichter, strenger; nicht dieses amerikanische Überangebot, diese jüdische Fülle. Reduzieren! Damit man sich auf die wenigen, einzelnen, wunderbaren Speisen konzentrieren kann.«

Aber Melba Toast? Zum Salat. Ich kann doch nicht am Ende des Abendessens wieder Ivy's Butterhorn Rolls zum Tisch bringen. Selbst Tony müßte das einsehen. Gut, daß ich die Knochen holen mußte und an das Toastbrot gedacht habe. Der Trick beim Melba Toast ist das Flachrollen. Vom gewöhnlichen Toastbrot aus dem Supermarkt – »store bought« ist der für mich unersetzliche, abschätzige Begriff für alles Vorgefertigte aus dem Lebensmittelladen: »store bought mayonnaise«, »store bought ketchup«, »store bought bouillon cubes«, die Ersatz-Zutaten, die man zugunsten von Selbstgemachtem vermeiden sollte –, vom »store bought«-Toastbrot also schneidet man die Rinde weg, breitet die Scheiben nebeneinander auf dem Küchentisch aus und rollt sie mit dem Nudelholz flach und dünn. Beide Seiten bepinselt man mit geschmolzener Butter, der man Salz, Thymian und Dillgewürz beigefügt hat, schneidet die Scheiben diagonal in zwei Dreiecke und läßt sie fünfzehn Minuten im Backofen bei mittlerer Temperatur bräunen. Butterknusperaromatischwarm begleiten sie den Salat.

Wenn ich diese Zubereitung als »ganz einfach« den Gästen erkläre, die danach fragen, erfahre ich, daß es ganz und gar nicht mehr selbstverständlich ist, ein Nudelholz zu besitzen, geschweige denn zu benutzen. Ein Nudelholz ist gewissermaßen ein Überbleibsel aus alten Zille-Witzen über Ehemänner, die spät nach Hause kommen, und wird an der Tür eingesetzt. Oder es ist ein Objekt aus weißem Marmor und liegt irgendwo dekorativ im Wege. Aber selbst einen Tisch in der Küche stehen zu haben, der so groß wäre, daß man darauf einen Nudelteig ausrollen könnte, ist ungewöhnlich geworden. Für einen solchen Tisch sind die meisten Küchen auch zu klein.

Zu kleine Küchen. Genervte Mütter, die ihre Kinder aus zu kleinen Küchen jagen müssen, weil sie da nur stören, weil es für ein Kind auch gefährlich ist mitten unter scharfen Messern und heißen Töpfen in der Sozialen-Wohnungsbau-Ecke, die man Küche nennt. Wer weiß, wie viele gestörte Kinder, wie viele zerstörte Mutter-Kind-Beziehungen daher rühren, daß man die Kleinen nicht einfach in die Essenszubereitung mit einbeziehen kann, anstatt sie wegzuschicken. Ich saß als Kind am liebsten in der Küche und sah Mama zu.

Sie hat mir aus ihrem Leben erzählt.

Eine Architektin in Berlin baut Wohnungen im Sozialen Wohnungsbau, die eine große von allen Seiten her zugängliche Küche in der Mitte haben.

Nur eine Architektin. Aber sie heißt Warhaftig. Da versteht sich so etwas fast von selbst.

In der Schlange steht man gleich lang, ob man klein oder groß einkauft. Warum führt man nicht die »express line« für fünf Artikel oder weniger, wie sie in US-Supermärkten usus ist, nicht auch in Deutschland ein? Ich eile nach Hause, »kaschere« Knochen, putze Suppengrün, wickele Frühstücksspeckscheiben spiralisch um Grissini-Stäbe und rolle sie in einer Mischung aus Chilipulver und Braunzucker. Da geht die Tür. Ist Tony schon zu Hause? Mein Gott, es ist fast siebzehn Uhr!

Das gelassenste Lächeln, das ich mobilisieren kann, setze ich auf, als Tony in die Küche kommt. »Kann ich dir helfen?« fragt er.

»Nein, nein, alles unter Kontrolle.«

Er schaut sich um. Ich sehe mit. Was sieht er? Auf dem großen Brett liegen noch nicht gewürfelte, aber bereits abgeschabte Möhren, das Porzellan-Messer (das schärfste Messer, das die Industrie bisher gefertigt hat), die Ingwer-Wurzel und die kleine Reibe, eine Apfelsine zum Entsaften. (Den Entsafter müßte ich schon bereitstellen, fällt mir ein.) Im Abtropfkörbchen sind gewaschene, noch nicht zerkleinerte grüne Bohnen. Auf dem kleinen Brett weder schon entkernte noch geviertelte schwarze Oliven. Daneben auf einer Alufolie noch nicht geröstete Pinienkerne. Die große Zwiebel, eine weitere Apfelsine (vielleicht zu viel Apfelsinengeschmack?) und die grünen Oliven liegen für den Salat am Küchenfenster bereit neben dem Backblech voll wirklich gelungener Hörnchen. Aha, davon stibitzt sich Tony eins. »Die werden immer perfekter«, höre ich. Ich höre »Mmmm«.

Leichtsinnigerweise sage ich: »Wollen wir einen Sherry trinken?«

»Ja, hast du dazu Zeit? Bist du sicher, daß du alles schaffst?«

»Kein Problem«, versichere ich ihm und mir.

Wir versuchen, ein bißchen über seinen Tag und meinen zu reden. Es ist aber mühsam, denn ich bin in Wirklichkeit, wie er natürlich merkt, mit meinen Gedanken noch immer in der Küche: Hat sie bei Tonys Rundum-Blick jene reizvolle organische Ordnung aufgewiesen, die selbst mitten in der Arbeit einfach da ist, wenn die Arbeit funktioniert? Eine Ordnung, die bereits das Gelingen andeutet und im Grunde die Voraussetzung dafür ist. »Wenn ein Produkt am Ende schön sein soll, dann muß eine jede Stufe seiner Entwicklung schön sein.« Sehr früh in unserer Beziehung sagte Tony diesen Satz. In seinem Arbeitszimmer herrscht nicht immer eine so schöne Ordnung und in meiner Küche auch nicht. Wenn sie aber auch nur ein hohes Ideal bleibt, das wir anstreben, stimmt es, was er gesagt hat. Ist in der Küche ein chaotischer Zustand erreicht, schmutziges Geschirr auf jeder Abstellfläche, das Schälmesser unter einem Haufen Schalen begraben (manchmal ist es sogar mit weggeschmissen worden), der Sahnecreme-Rührlöffel in den Zwiebel-Abfällen, Eiweiß-Spritzer zwischen den Rezept-buch-Seiten, die man gerade schnell aufschlagen muß, und droht man bei jedem Schritt an der Kochmulde im verspritzten Öl auszurutschen – wie will man da arbeiten?

Um in der Küche Tonys Leitsatz von der schönen Ordnung zu erreichen, muß man die Devise von meiner Mama beherzigen, die da lautete: »Gleich.«

Gleich sollte ich alles tun, nicht nachher, nicht später, nicht einmal bald, sondern gleich. »Bist di fartig mit a Leffele, wasch ub un leg aweg. Gleich.« – »Host di ubgeschubt die Mähralach, werf die Schubselach aweg un wisch ub di Tisch. Gleich.« – »Az es fällt eppes arub, nemm a Besele un kehr es zisammen. Gleich.«

Nicht nur in der Küche hat Mama es so gehalten. Wenn sie den Mantel auszog, hängte sie ihn gleich in den Schrank. Die Strümpfe kamen gleich in den Wäschekorb, und die Schuhe wurden zumindest gleich abgebürstet, wenn nicht gleich geputzt. Wenn ich heute bei Mama zu Besuch bin, weiß sie bereits am ersten Tag, wie wenig ich ihre Maxime leben kann. »Aber, Mama, ich schreibe«, erkläre ich, um ihr Verständnis ringend: »Wenn ich gleich jede Haushaltslappalie erledigen wollte, würde ich nur noch am Putzen und Aufräumen sein. Damit wird man doch nie fertig. Und die ganze Energie, die ich zum Schreiben so sehr benötige, würde für diese doch letztlich unwichtigen Dinge draufgehen.«

Für solche Ausflüchte hat meine Mama keinen Sinn. Ich sehe es an ihren Augen. Es sind alte Augen. Sie haben viel gesehen. Sie nehmen, während ich rede, den Blick zurück, und es ist, als würde ein

Film aus Trauer sie bedecken. Ich höre meine unbedachten Worte wieder: »unwichtige Dinge«. Ich habe ihr weh getan damit, ist für sie doch Ordnung zu halten ein Lebenssinn gewesen, jene schöne Ordnung, von der auch Tony spricht, die ganz organisch aus den Dingen erwächst, die man tut, wenn man sie richtig tut. Wie oft füge ich ihr unversehens solche Schmerzen zu.

Ich kann mich gut erinnern, wie es zu Hause gewesen ist, wenn Mama durch die Wohnung ging. Es war, als hätte sie magische Arme, die alles, was nicht an seinem Platz lag, ansogen, aufnahmen und mit sich führten. Sie ging durch einen Raum wie eine Welle, die Ordnung hinter sich ließ. Einmal habe ich es gebracht, ihr zu sagen, daß ich wenigstens eins von ihr gelernt hätte: nie mit leeren Händen aus einem Zimmer zu gehen, die gelesene Zeitung, das herumstehende Sherry-Glas, die abgestreiften Schuhe mitzunehmen und gleich an ihren jeweiligen Platz zu bringen. Gleich.

Die Schalotten! Mein Herz überspringt einen Schlag. Ich ergreife das Sherry-Glas und renne in die Küche. »Den Rest trinke ich bei der Arbeit. Muß machen!« rufe ich schnell, nicht einmal in der Lage, Nonchalance vorzutäuschen. Unterwegs zum Zwiebelkorb schalte ich schon den Ofen an. Hoffentlich habe ich genug Schalotten. Jetzt darf nichts, aber auch nicht das geringste mehr schiefgehen, sonst ist es wie bei Stoßstange-an-Stoßstange-Dichte auf der Autobahn: ein einziges kleines Hindernis und alles bricht zusammen.

Innig wünsche ich mir die Charakterstärke, zu einer einfachen Küche zurückkehren zu können, obschon meine Gäste inzwischen diese »Gourmet«-Menus von mir erwarten. Ich verwöhne sie und mich auch gerne damit, so ist es nicht. Nur bin ich in letzter Zeit so schusselig geworden. Vergeßlich. Viel zu langsam. Zum Beispiel jetzt. Die Schalotten. Es sind glücklicherweise für den Kalbsbraten genügend da, aber es kostet mich doppelt so viel Zeit wie früher, sie zu schälen und putzen. Ich komme ja ins Hintertreffen.

Ein wunderschönes Kalbslendenstück habe ich bekommen. Frisch. Eben *nicht* tiefgefroren. Welche Überzeugungsarbeit mußte ich beim Prenzelberg-Fleischer leisten, bis ich eine frische Lammkeule, eine frische Kalbshaxe wenigstens vorbestellen konnte. Beim Obst- und Gemüsehändler war es mit Rucula-Salat ebenso schwierig. »Das kennen die Leute nicht«, bekam ich immer wieder zu hören. Dabei gehörte vor gar nicht langer Zeit Rucula (als Rauke bekannt) ganz selbstverständlich in jeden Kleingarten. Die Geflügel- und Feinkosthändlerin versprach mir jede Woche aufs neue ein frisches Suppenhuhn. Vergebens. »Es tut mir leid, es ist nicht mitgekommen.«

»Was heißt das: ›nicht mitgekommen‹? Wieso macht man sich abhängig von der Willkür eines Lieferanten? Es *muß* mitkommen. Sie haben es doch bestellt.«

»Aufgetaute habe ich da.«

»Sie haben wohl nichts von dem Löwen gehört,

der im Zoo von New York verendet ist, weil er nur noch tiefgefrorenes Fleisch zu fressen bekam. Ja, glauben Sie mir. Ein großer, starker, kerngesunder Löwe. Die ganze Nation hat getrauert, als er nicht mehr war. Tierschützer haben vehement eine Untersuchung der Todesursache verlangt. Und was kam dabei heraus? Vitaminmangel. Mineralienmangel. Schwinden der Abwehrkräfte. Zusammenbruch. Man kann nicht nur immer Tiefgefrorenes essen. Das ist ungesund. Nach dem Tode des Löwen hat in Amerika fast kein Mensch mehr tiefgefrorenes Fleisch gekauft. Man wird davon krank.« Ich hielt inne. Die Händlerin sah nicht aus, als hätte meine Geschichte sie beeindruckt. »Außerdem schmeckt es nicht«, sagte ich noch. Es hat alles nicht genutzt. Kein frisches Huhn kam mit.

Ich war ziemlich schockiert, als im Schaufenster des Geflügelgeschäfts eines Tages ein Schild »Wegen Krankheit geschlossen« hing. Ich ging jeden Tag vorbei, um zu schauen. Das Geschäft blieb zu. Unheimlich. Ich mußte an die unheimliche Mrs. Biggs denken, eine alte Frau, vor der ich als Kind große Angst gehabt habe. Sie wohnte nicht weit von uns in einem Gartenhaus, das umgeben war von dicht wachsenden Hecken, in denen weiße Stoff-Fetzen und blaue Glühbirnen hingen. Diese Dinge hatten eine Bedeutung. Ich weiß nicht welche. Mrs. Biggs war klein und dünn und dunkelschwarz und hatte abgebrannte Streichhölzer in ihrem grauen Haar stecken, aber sie redete nicht. Niemals habe ich sie ein Wort sagen hören, obwohl es hieß, daß sie zu gewissen Mondzeiten Geister zu rufen verstand, die Geister des Voodoo. Die hörten auf Mrs. Biggs. Ich glaube aber nicht an Verwünschungen.

Das Geschäft ist noch immer geschlossen. Dafür gibt es neuerdings am Stierbrunnen einen Wochenmarkt mit einem Geflügelstand, der frische Ware führt, so daß ich dieses Jahr zu Thanksgiving, dem amerikanischen Erntedankfest, eine große frische Pute dort kaufen und die ganze Familie zum Festessen einladen kann. Ich denke, ich mache die traditionelle Füllung aus selbstgemachten Nudeln, wie Mama sie immer gemacht hat, die Füllung mit Grieben und Zwiebeln und Eiern und Matzoh-Mehl, die alle so lieben. Dazu gibt es –

Warum plane ich das alles, frage ich mich. »Die ganze Familie« und so weiter im voraus. Man muß immer bangen, ob die fragilen Kleinfamilien von einem Großfamilienfest zum anderen zusammenbleiben. Lieber nicht planen, abwarten. Im Jetzt leben. Der Ofen ist heiß. Die Kartoffeln fangen an, die Sahne aufzunehmen. Der Fond riecht schon kräftig und kocht nicht zu schnell. Jetzt zum Fleisch.

Die Rückenknochen trenne ich lieber ganz vom Lendenstück ab, werfe sie aber beileibe nicht weg, sondern lege sie auf den Boden des Topfes unter das Fleisch. Wenn sie anbräunen und ich mit dem Fond lösche, bekommt die Sauce Geschmack. Sie hat dann einen *Tam*, würde Mama sagen. Aber *Tam* ist wieder einer dieser nicht übersetzbaren Begriffe. Ein *Tam* ist nicht nur irgendein Geschmack, sondern ein guter, ein intensiver Geschmack, darüber hinaus einer, der unverwechselbar aus der Küche eines bestimmten Kochs stammt. Mamas Braten und mein Braten haben keineswegs den gleichen *Tam*, obwohl ich von ihr die Technik habe, den Topfboden mit den Knochen zu belegen. Da kann der Braten nämlich nicht anbrennen, und man hat schönes, braungebratenes Knochenfleisch für die Überbleibsel-Überraschungen. Es wird auch Knochenfleisch von den Brüheknochen aus dem Fond sowie Knochenfleisch vom Braten selbst übrigbleiben. Ich freue mich schon darauf. Würfeln und einfrieren. Dann wird irgendwann bald eine unvergleichliche, weil keine zwei Mal gleiche Füllung für selbstgemachte Tortellini daraus. Oder ich mache damit einen »pot pie«, meinetwegen einen mit Teig bedeckten »Irish pot pie«, wie er in den Pubs zu haben ist. Vielleicht, wenn ich Zeit habe, stelle ich »Knisches« her, drehe das gewürfelte Fleisch zusammen mit gebratenen Zwiebeln und Knoblauch durch, gebe Hühnerschmalz dazu und schlage die Farce in Kartoffelteig ein. Ich sehe Mamas Hände. Sie taucht sie in kaltes Wasser. Sie nimmt etwas von der fertiggerührten Kartoffelmasse, schlägt sie auf der flachen Hand platt und gibt einen Löffel voll Farce in die Mitte. Nun taucht sie den Zeigefinger noch einmal ins Wasser, drückt die Teigränder um die Füllung hoch, bis sie aufeinander treffen und die Farce ganz umschließen. Zart und vorsichtig legt sie jede »Knische« in brutzelndes Öl.

Die kleinen Rippenknochen laß ich jetzt lieber noch dran. Sie geben dem Braten einen *Tam*, auch

Form und Halt. Ich ritze die härtere Haut um sie herum nur so weit ein, daß ich nacher am Tisch leichter tranchieren kann. Das ganze Stück Fleisch reichlich mit Dijon-Senf belegen. Die vielen geschälten Schalotten zur einen Seite des Bratens in den Topf, nicht ganz so viele, aber dennoch viele geschälte Knoblauchzehen zur anderen Seite des Bratens in den Topf. Das ganze mit Senf bedeckte Fleisch mit dünnen Scheiben durchwachsenen Speck belegen. (Besser ist Pancetta, aber Pancetta bekommt man nur am italienischen Wurstwarenstand im KaDeWe oder einem anderen Spezialitätenladen.) Nun vorsichtig eine gute Tasse Weißwein seitlich am Rande hineingießen und ab damit in den mittelheißen Ofen. Uhrzeit? Herrgott! Bald sieben.

Um acht kommen sie. Ich weiß nicht, warum meine innere Uhr nicht mehr wie früher funktioniert. Ich hatte doch nie diese Zeit-Probleme. Natürlich habe ich früher auch nicht sechs Gänge, dazu noch von »Gourmet«-Rezepten zubereitet. Das ist es ja. Ich muß diese Ansprüche zurückschrauben und das bald. Das schaffe ich doch alles nicht mehr.

Was mache ich aber jetzt? Wenn ich jetzt in der Küche weiterarbeite, komme ich nicht mehr mit dem Tisch und dem Anziehen und dem Schminken klar. Ich habe noch gar nicht nachgesehen, ob die Gäste-Toilette sauber ist, ob genügend saubere Gäste-Handtücher da sind. Den Küchenboden wollte ich auch noch wischen. O nein. Ich ziehe mich lieber erst um, dann bin wenigstens ich fertig. Danach werde ich zunächst den Tisch decken. Dann ist der

Tisch gedeckt. Schließlich kann ich doch die Küchentür zumachen und niemand in die Küche schauen lassen, wenn ich den Boden nicht mehr wischen kann. Das heißt, wahrscheinlich spaziert unser lieber Freund stracks in die Küche, obwohl er genau weiß, daß ich derartige Ungezogenheiten nicht schätze. Das hat er schon manches Mal gemacht. Seine Frau nicht. Sie respektiert meine Regeln. Schließlich hat auch sie welche. Die Möhren müßte ich aufsetzen, bevor die beiden kommen, aber die Bohnen könnte ich zur Not nach dem Fischgang erst zerschneiden. Es kann doch ruhig zwischen den einzelnen Gängen etwas länger dauern, das ist bei einem so großen Essen viel bekömmlicher.

»Rationalisierung. Lächerlicher Selbsttäuschungsversuch. Wie willst du, wenn du zwischendurch bei geschlossener Tür noch Oliven vierteln mußt, wie ein Mensch am Tisch sitzen und am Gespräch teilhaben? Am Gespräch, ja, ja, das dir so wichtig ist. Wegen des Gesprächs machst du doch diese Einladungen überhaupt, oder etwa nicht?« Habe ich das laut gesagt? Ich glaube, ich habe das laut gesagt. Das nimmt ja alles Formen an ... Ach, das Natron. Ich stelle das Natron besser schon mal heraus, sonst vergesse ich womöglich, etwas davon den grünen Bohnen beizugeben, damit sie schön grün bleiben. Ja, und das lange Tranchiermesser muß ich schärfen und den Rotwein ins Eßzimmer bringen, daß er Zimmertemperatur erlangt, und – und was noch? Da war doch noch etwas, verdammt. Schon wieder weg. Ich weiß auch warum: weil ich nicht bei der

Sache bin, nein, ich denke doch die ganze Zeit nebenher darüber nach, was ich anziehen soll. Und nicht nur was, sondern ob, was auch immer ich aussuche, noch paßt, ob es nicht wieder zu eng ist, wie vergangene Woche der marineblaue Wickelrock, an dem ich schnell die Knöpfe versetzen mußte. Ich habe doch heute abend keine Zeit mehr, Knöpfe zu versetzen. Ich habe keine Zeit, Klamotten anzuprobieren, die sich dann als zu eng herausstellen. Ich will auch gar nicht erfahren, daß etwas zu eng ist. Das macht mich traurig. Das deprimiert mich. Und wenn ich deprimiert bin, esse ich wie ein Pferd.

»Ist das alles ärgerlich! Also, ärgere dich nicht. Sei ruhig. Du ärgerst dich am Ende noch darüber, daß du dich ärgerst. Und nimm auf dem Wege zum Kleiderschrank die Pfeffermühle mit zum Tisch. Geh nie mit leeren Händen aus einem Zimmer. Du weißt.«

Die Mühle beherbergt leider, wie ich sehe, zur Zeit nur wenige Pfefferkörner in ihren vielen Spiralen. Ich müßte sie erstmal nachfüllen. Soll ich? Oder mich erst anziehen? Nein, Mühle füllen, entscheide ich spontan, reiße hastig die Speisekammertür auf, an deren Innenseite die Gewürzregalchen angebracht sind. Witzig abgekantete Aluprofile sind das, die aber an den Enden ohne Stopper sind, so daß die Gläschen, wenn ich nicht aufpasse, wie ich genau weiß, abrutschen könnten und – krach! »Was sage ich denn? Idiot! Ausgerechnet jetzt, wo du so etwas am allerwenigsten gebrauchen kannst: lauter Scherben und Splitter auf dem schönen, alten Kachelboden.« Überall rundrutschige, unter dem Tritt zerknirschende Pfefferkörnchen. Unzählige. Überall. Bis an die Küchentür, in der Tony, der den Krach natürlich gehört hat, jetzt mit einer Miene steht, die ich nicht ganz lesen kann.

»Alles in Ordnung?« fragt er leise.

Dann sieht er erst – ich weiß es, denn ich sehe mit ihm –, daß die grünen Bohnen, die Oliven, die Pinienkerne und die Möhren, die Apfelsinen und die Ingwerwurzel so unverarbeitet daliegen wie vor zwei Stunden, daß ketzerischerweise und aus ihm unerfindlichen Gründen ein »store bought«-Toastbrot hinzugekommen ist, daß ich, dem ihm bekannten Speiseplan ganz entgegen, dabeigewesen bin, Grissini-Stangen mit Frühstücksspeck zu umwickeln, und daß der Boden mit einer beachtlichen Anzahl zum Teil zertretener Pfefferkörner übersät ist, unter denen Glassplitter aufglitzern.

»Kann ich dir irgendwie helfen?« fragt Tony.

Ich will eigentlich heulen. Ich fühle mich so dick. Ich habe bald Bauchschmerzen von der zu engen Taillen-Gummilitze dieser verdammten Billig-Strumpfhose. Die Füße tun mir weh, die ich über Jahre – und heute abend gleich wieder – entgegen jeder Vernunft und allem, was zu Recht feministisch ist, mit hochhackigen Schuhen malträtiere. Außerdem muß ich noch die Fingernägel, die arg unter der Gemüseputzerei gelitten haben, ablackieren, feilen und neu lackieren. Wann sollen die denn trocknen?

Tony steht wie auf Pfefferkörnern. »Heute abend

gibt es keine glacierten Möhren«, sagt er zwar leise, aber bestimmt.

»Aber, ich wollte doch wegen der Farben – «, protestiere ich.

»Grüne Bohnen und möhrenfarbene Möhren auf den blauen Tellern. Ich weiß. Heute nicht.«

Mit Tonys Entscheidung, obwohl ich weiß, daß sie vernünftig ist, kann ich mich nur schwer anfreunden. Ich denke: werden wir sehen; vielleicht schaffe ich doch noch alles, und gehe, mich schnell umzuziehen und zu schminken. Ich weiß, daß Tony die Pfefferkörner und Glassplitter zusammenkehren wird. So ist er. Welch ein Glück. Vielleicht schneidet er auch die Mohrrüben in schöne, gleichmäßige Viertelscheiben und legt sie mir als Überraschung bereit.

Wenn ich wenigstens die kaputten Fingernägel glattgefeilt hätte. Jetzt bleiben sie an der Strumpfhose schon beim Anziehen hängen. Ich werde bestimmt eine Laufmasche haben, bevor die Gäste gehen. Vielleicht habe ich jetzt schon eine. Ich gucke lieber nicht. Außerdem findet Tony – »unter gewissen Umständen«, wie er sagt – eine Laufmasche sexy.

Tony höre ich das Tranchiermesser schleifen. Ein Glück. Und der Wein? Der Rock paßt noch. Wie schön. Hätte schon vor einer halben Stunde offen sein müssen. Ob er auch nach dem Essen passen wird? Während des Essens. »Tony! Machst du den Wein bitte auf?« Hört nicht. Schleift das Messer. Pullover? Bluse? »Tony!« Na gut, wir werden zuerst einen Cocktail und dann den Weißwein trinken. Der rote bekommt also immer noch eine Stunde Luft. Nein, der Pullover ist zu warm, lieber die große, weite, lange Bluse, die, wie meine Schwester Helen immer sagt, eine Menge Sünden verbirgt. Muß die Kartoffeln umrühren, sonst backt die Sahne noch an. Was hat denn Helen mit Sünde zu tun? Sie ist doch *Rebbitzin*. Und wenn ich eben nicht hochhackige Schuhe anziehe? Bei all dem Alkohol. Tony sagt, daß ich im Laufe des Abends manchmal schwanke. Was soll das heißen, ich schwanke? Ich schwanke nicht! »Machst du den Wein auf, Tony?« Ich habe die Toastscheiben noch nicht melbagerollt. Die Sünden zu allem Überfluß auch noch verbergen. Und das meine Schwester Helen. Hätte ich nicht gedacht. Oh, das Telefon klingelt. Tony findet den Hörer wieder nicht. Mobil. Wenn ich das schon höre. Überhaupt nicht mobil, das Teil. Man ist selbst mobil. Und wie. Man rennt wie blöd durch die ganze Wohnung das Ding suchen, weiß nicht, wo es liegt, und es klingelt und klingelt, und dann schaltet es auf Fax-Empfang, bevor man Hallo sagen kann. Ich weiß auch nicht, wo ich es gelassen habe. Aber der zweite Hörer hängt doch in der Küche. Warum nimmt er nicht den ab? Ah, hat er. Gedankenübertragung

Nein, sieht nicht aus: Flache Schuhe machen dick. Er redet so lange. Wer wird das sein? Vielleicht kommen sie nicht. Ob ich bei so geringer Ofenhitze, wie der Braten braucht, gleichzeitig die Pinienkerne rösten kann? Zwanzig Minuten brauchen die Chili Bacon Breadsticks. Fünfzehn dazu zum Kühlen. Laufmasche. Sagte ich doch. Er spricht ja immer noch am Telefon. Spätestens jetzt müßte er aber den Wein aufmachen. Außerdem ist Helen gar nicht so dick, daß sie Sünden verbergen müßte. Ich könnte den Sarah-Bernhard-Reisring jetzt gleich stürzen, denn ob ich nachher die Konzentration für eine so kitzelige Angelegenheit wie Pudding stürzen haben werde, ist sehr fraglich. Sehr. Ich schwanke gar nicht. Habe noch nie geschwankt. Vielleicht die rotgoldenen Ohrringe. Oder die urigen mit den Kupfertupfen? Die sind aber so schwer. Außerdem machen sie Krach im Ohr. Wie kann man denn so etwas designen? »Tony.«

Er hört nicht. Werde ich also selber den Wein aufmachen. Vorher aber den Lachs aus dem Kühlschrank nehmen wegen Zimmertemperatur. Zuallererst aber den Tisch decken. Ach! Hat er schon. Den Wein auch. Ist das herrlich. »Hob ich a Glick! Hob ich a Mann!« Würde Tatte sagen, nicht wahr, Tatte? Hörst du mich, Tatte? Daß ihr euch nicht kennenlernen konntet, du und Tony, das tut mir weh.

Chili Bacon Breadsticks in den Ofen. Gefüllte Champignons in den kleinen, weißen Tiegel. Darin servieren nachher. Stückchen Butter in die Pfanne für den Fisch. Noch nicht heiß werden lassen. Zu früh. Ivy's Butterhorn Rolls in den Brotkorb, schön mit Serviette zugedeckt. Bin gar nicht mehr so hohe Hacken gewöhnt. Mal den Braten begießen. »Mmmm, riecht gut.«

»Riecht toll, nicht wahr, Tony? Kann ich dir einen Kuß geben?«

»Hast du denn Zeit?«

Zeit. Zeit ist etwas anderes. Das waren noch Zeiten, als wir alle Zeit hatten. Wo sind sie hin? Und ich ganz in Ruhe bei jedem einzelnen Arbeitsgang verweilen konnte. Verweilen. Mich in die Arbeit versenken und sie genießen. Grüne Bohnen zu brechen, ein Liebesakt.

Reisring noch nicht gestürzt. Wenn es dann nachher klingelt, die Breadsticks aus dem Ofen raus, die Champignons rein. Gleichzeitig den Weißwein aus dem Kühlschrank in die Kammer, sonst zu kalt. Butter noch nicht, erst nach den Champignons. Die Gäste begrüßen. Dann die Cocktails aufgießen. Am liebsten die Cocktail-Gläser jetzt bereitstellen. Ach! Hat Tony schon. Wo war ich? Schon acht Uhr. Sie sind noch nicht da. Vielleicht schaffe ich die glacierten Möhren noch. Oh, die Melba Toasts, verdammt. Gut, dann werde ich sie zwischen Haupt- und Salatgang flachrollen. Reicht auch. Pinienkerne jetzt rein. Werden schon bräunen, auch bei der Temperatur. Die Oliven zwischen Fisch- und Hauptgang vierteln. Ob das reichen wird? Sie sind doch schon abgeschabt, die Möhren. Ich versuch's. »Wenn du sie so schnell schneidest, werden sie aber nicht schön. Pamelach, pamelach, nicht wahr, kleine Mammeniu? Du bist immer ganz abgehetzt die Treppe herauf- und heruntergerannt, vom Laden in die Küche, von der Küche in den Laden, und hast dennoch alles geschafft. Und wie das geschmeckt hat!« Nur eine Frage der Organisation. Jetzt die Apfelsine auspressen, den Ingwer reiben. Den braunen Zucker rein.

Umrühren. Pamelach, pamelach. Nun die Butter. Fond von dem Brenner nehmen. Fond ist fertig. Dann kann ich die Möhren dort aufsetzen. Nach acht Uhr. Sie sind noch nicht da. Ich kann die Oliven vielleicht fertigkriegen. Den Ring stürze ich jetzt nicht. Zu schwierig: genaue Mitte des Serviertellers treffen; nicht zu viel, nicht zu wenig warmes Wasser in die Form füllen, so daß der Ring nicht schmilzt, nicht bricht, sondern schön gleitet. Hoffentlich gelingt mir das nachher. Ohne zu schwanken. Kaffee brauche ich nicht zu servieren. Unsere Freunde glauben fest, daß sie nach dem Kaffee nicht schlafen können. Schade um den schönen Abschluß: der kleine französische Kaffee, einen Cognac dazu ... Aber wir können schlafen, Tony und ich. Wenn sie gegangen sind, schenken wir uns einen Whisky ein: »Mmmm«, wird er sagen, und morgen, morgen haben wir Überbleibsel.